Franziska Greising

Das Schweinewunder

Roman

Lenos Verlag

Satz und Gestaltung: Lenos Verlag, Basel
Umschlag: Anne Hoffmann Graphic Design, Basel
Bild: Flügelaltar der Sakramentskapelle Ettiswil (Ausschnitt)

Printed in Germany
ISBN 3 85787 293 4

Das Schweinewunder

Das Zukünftige ist nur
die Umkehr des Veralteten
Vladimir Nabokov

Gelbes Licht und Schwüle brüteten über den Äckern und dem Moor. Alle paar Atemzüge richteten sich die Leute von der Feldarbeit auf. Im Dorf traten sie vor die Hütten. Dabei legten sie die abgenutzten Hände wie Schirme an die Stirn und schauten zum Himmel. Dieses Gelb musste Hagel bringen. Die keimenden Saaten, die treibenden Früchte, diese in harter Arbeit den Sümpfen abgerungenen Wunder lagen schutzlos da. Durch welche Gegend, welches Tal würde der Engel der Verwüstung reiten? Eine Alte schlug ein Kreuz übers Brot und trug es aufs Feld, Frauen eilten mit Kerzen hinaus, ein paar Männer gingen und läuteten die Glocken. Heilige Mariamuttergottes, bitt für uns arme Sünder.

Plötzlich wirbelte eine unsichtbare Hand Stroh, Hühnerfedern, Ackerstaub in die Luft. Ein rabiater Windstoss fiel in Annas kleinen Hof und packte ihre Röcke und Strümpfe, die sie kurz zuvor über die Leine geworfen hatte. Der ungewöhnlich drückenden Hitze dieses Frühjahrs eben noch schlaff hingegeben, überboten sie sich jetzt in einem wahrhaft unverschämten Tanz. Dabei schlug die Stalltüre zu und riss wie ein trotziges, hundertmal ermahntes Kind wieder auf, schlug wieder zu, ungeduldig, mutwillig. Auf und zu. Schon näherte sich ein neuer Lärm dem kleinen Hof, die unsichtbare Riesenhand schmetterte Hagelkörner hinein. Mehr und noch mehr. Das hüpfte und tanzte, bald bedeckten die Eiskiesel das Dach der Hütte fusshoch, ein neuer Bach erfand sich selbst und zerschnitt diese Zusammenkunft gefrorener Himmelserbsen. Auf seiner Bahn pflügte er die kleinen Schollen zu Hügelbänken, schwemmte Laub und Staub, Blüten und winzig grüne, heruntergeprügelte Kirschen heran, spülte Äste und Kot, einen jungen toten Vogel und in all dem Unrat ganz verdreckt auch die Lumpenpuppe Siegbertas herbei. Der Unrat wuchs zu einem hutförmigen Hügel und stellte sich dem Bach in den Weg. Der schwoll an, teilte sich und überschwemmte zweiarmig den eisweissen Hof, machte sich an Annas Hütte heran, als wäre nichts dringender, nichts zwingender, als auch diesen letzten verschonten Ort einzusumpfen. Siegberta eilte mit eiskalten Füssen im Hof hin und her, riss auf den Zehenspitzen die Wäschestücke herunter, schob und zerrte die Meiengeschirre der Mutter tief unters Dach. Als sie sah, wie der Bach sich unter der Tür durchzwängte, ins Haus drängte, sprang sie mit wenigen Sätzen hinein und mühte sich mit dem Brennholz, zerrte es vom Boden auf den groben, kantigen Tisch, die erkaltete Herdstelle. Geruch von nassem Stroh breitete sich aus. Erst letzten Sommer war der Dachdecker dagewesen, hatte sich Tag für Tag morgens aufs Dach gesetzt und zu pfeifen angefangen. Zwei Schichten von Strohbündeln hatte er auf dem Sparren befestigt, bis kein Luftzug, kein unerwünschter Lichtschimmer mehr ins Haus gedrungen, bis alles dicht und wetterfest geworden war. Dabei hatte er mit Siegberta gescherzt, die die Hühner im Hof zusammentreiben und die Ziege hätte melken sollen. Welches Schloss ist so klein und passt in jede Faust hinein? Welches Bein kommt allein und nie zu zwein? Und wer ist das: älter als die Welt, von keinem je gesehen, einmal kommt sie, einmal geht sie, manchmal fliegt sie, und jeder kennt sie?

Nach diesem Hagelwetter würde das neue Dach wieder hundertjährig aussehen.

Wie Leichentücher jagten immer neue Hagelschwaden über die Mauer heran. Die Welt, schien es dem Kind, war im Begriff unterzugehen. Neugierig sah es sich um. Jenseits der Hofmauer war in der Tat schon alles verschwunden, sogar die Burg von Kastelen, an deren Fuss das kleine Anwesen lag, war nicht mehr da. Und ausgerechnet heute, dachte es, am Tag des Weltuntergangs, hat die Mutter darauf bestanden, ohne mich wegzugehen. Wo wir doch sonst immer zusammen aufbrechen. Nun wird sie das himmlische Jerusalem allein betreten müssen, und ich sitze hier, verlassen und vergessen. Das hat sie davon.

1

Dieses Hinterland machte es niemandem leicht.

Anna hatte von ihrer Mutter zwar spinnen, sticken und nähen gelernt, doch wie sollte sie sich und das Kind damit ernähren? Die Frauen der Gegend stellten ihre paar Brusttücher und Sonntagshauben selbst her. Für die Altäre der Kirche und die Gewänder des Priesters kamen die herrlichsten, wie von Engelshänden bestickten, mit Strenge gebügelten Stoffe aus den Frauenklöstern, deren es im Land eine Menge gab. Die Edelfrau auf der Burg hingegen liebte Dinge von anderer Pracht.

Nichts bedeuteten dort oben mehr die gebrannten Teller und Töpfe, die gewobenen und gestichelten Tücher, die gesägten Hornkämme, die groben Tische und Stühle aus den Werkstätten der Leibeigenen und Abhängigen. Auf der Burg begehrte man neben den Bodenerzeugnissen, neben Milch, Fleisch und Eiern, meist nur noch bares Geld.

Es gab jetzt die Städte, wo gekauft und verkauft, gewuchert und gemarktet wurde. Und dorthin reiste die jung verwitwete Herrin seit neuestem, in diese rumorenden Rattennester mit ihren himmelhohen Häusern, wo in den Gassen das Vieh herumstreunt, die Händler und Marktfahrerinnen keifen und feilschen. Einer versperrt dem andern die Durchfahrt, und unterdessen stiehlt ihnen das Vieh ihr Zeug vom Karren. Hungrige Ziegen staksen herum, Antoniusschweine mit ihren Glöcklein am Hals rempeln Hulda von Kastelen an, bis sie befiehlt, ihnen eine Brotkruste zu verfüttern.

In diesem Gewimmel und Gebimmel lässt sie sich in aller Ruhe erlesene Textilien zeigen, schlüpft in fernöstliches Schuhzeug, nimmt Krüge und feinstes Geschirr in die Hand, dreht sie um und um, lässt sich Gewürze und Kräuter aus fernen Ländern unter die Nase halten und einpacken.

Alljährlich, kaum war die Schneeschmelze vorbei, zog die Karosse mit der Herrin schaukelnd davon, und jedesmal waren die Städte wieder gewachsen, die Preise gestiegen, hatten noch mehr Handwerker eine eigene Werkstatt und noch mehr Händlerinnen ihren Stand eröffnet.

Im Hinterland hielten sie nichts von dem städtischen Treiben. Die Düfte und Gerüche, die mit Hulda daherwehten, wenn sie zurückkam, kannten sie nicht und mochten sie nicht. Kein Haus hatten sie je betreten, das grösser als ihre Kirche war. Doch sie brauchten jetzt Groschen und Taler, und die wuchsen weder auf den Bäumen noch im Feld, noch spuckten Sümpfe und Seen sie aus. Das Geld war ein reissender, sich ausdehnender Fluss, veränderte die Welt und machte Saufen und

Zechen, sogar den Himmel erschwinglich. Nur wer keins hatte, hiess es, brauche Kaiser und Papst noch zu fürchten.

Überall im Land luden junge Männer und Frauen ihre Sachen auf Kopf und Schultern und zogen in die Städte. Diese zeigten einen unstillbaren Bedarf an Händen, die zupacken, und Köpfen, die sich etwas ausdenken konnten.

Abgelegene Siedlungen zerbröckelten zu Ruinen, Äcker verödeten. Auch im Hinterland begannen die kräftigen Arme, die flinken Beine der Fortgezogenen zu fehlen. Was blieb den Leuten anderes, als Anna zu erlauben, einmal da, einmal dort gegen einen Scheffel Dinkel, ein Huhn oder ein paar Fische aus den nahen Bächen auszuhelfen. Sie arbeitete hart, verstand sich daneben aufs Herstellen von zwei, drei Salben und erfrischenden Kompressen, und doch ging auf wenige Schritte Entfernung der Bettelstab an ihrer Seite. Manche Nacht pochte er rechthaberisch wie ein Prophet an die Hütte.

Bevor sie in dieses Sumpfland gekommen war, hatte Anna mit ihrem Geliebten und dem gemeinsamen Kind im Schwarzwald gelebt. Sie waren Vogelhändler gewesen, hatten Leim gekocht, Fallen gelegt, waren regelmässig auf die Märkte gezogen mit den eingefangenen

Sängern. Anna hatte das Kind getragen, er ein grosses Bauer, das ihn weit überragte.

Bei Sommeranfang hatten sie dunkle Tücher über die Gitterkäfige der Lockvögel geworfen, so dass für diese eine lange Nacht anbrach und sie verzagt verstummten. Im Spätsommer strich Anna Leim auf Äste und Seile, hängte die Bauer ins Freie und entfernte langsam Tuch um Tuch. In der Meinung, der liebe Gott lasse es nun endlich tagen, klappten die Vögel die Augen auf, ordneten ihr Gefieder und erprobten ihre Stimmen. Beim ersten Lichtschimmer, der sie traf, taten sie einen schüchternen Seufzer. Beim zweiten probierten sie ein kurzes Arpeggio. Beim dritten, als ihnen endlich die Stimmen wiederkehrten, wollten die mageren Kehlen vor Lust und Dankbarkeit schier zerreissen. Ihr Lobedenherrn war ein einziger Jubel. Und die Soprane aus Wald und Feld schwirrten herbei und liessen sich, betäubt von diesen Hymnen, auf den Leimruten nieder.

Eines Tages geriet Annas Geliebter dem kaiserlichen Heer in die Fänge. Von der Landstrasse weg holten sie ihn in den Krieg. Als er vom Feld nicht zurückkam, hatten sie noch nicht einmal die Erlaubnis zu heiraten erhalten.

Eine gewisse Zeit schlug sie sich allein mit dem Säugling, den Vögeln, den umständlichen Bauern, mit Leimtopf und Seilen herum. Als es Winter wurde, erreichte sie gerade rechtzeitig Freiburg im Breisgau, um sich nach einer Bleibe und anderer Arbeit umzusehen.

Wie überall in den wachsenden Städten, war auch hier ein selbstbewusstes Bürgertum entstanden, das die Meinungen bestimmte und die Moden machte. Diese Leute gaben neuerdings ihre Sprösslinge, solange die kleinen Ungeheuer nichts anderes taten als schreien und stinken, nach Art der Adelsfamilien ausser Haus.

In den Dörfern, wo die Arbeit die Frauen bald alt und hässlich, der klägliche Verdienst auch manche zur Diebin machte, hielt man nichts von solchen Sitten. Viele aber, die eben geboren hatten und dabei nicht hingerafft worden waren, sprangen vom Wochenbett, fuhren in die Stadt und bewarben sich um einen kleinen Schreihals. Manche hatten ihr eigenes Kind schon bei der Geburt verloren, wenn nicht, gaben sie ihm die eine, dem fremden die andere Brust und empfingen die dringend benötigten Taler dafür.

Schon eröffneten die ersten Ammenstuben, und bald danach legte die Kindervermittlerin auch Anna ein hartgeschnürtes Paket auf den Tisch. Hast Glück, sagte sie. Dank ihrer guten Beziehungen handle es sich um eine Auftraggeberin, die anständig bezahle. Doch unter einer Bedingung: sie wolle das Kind in der Nähe wissen, auf keinen Fall dürfe es der rauhen Landluft ausgesetzt werden. Das wäre sein sicherer Tod. Sie zeigte auf den Wickel, an dessen dickerem Ende ein mageres Gesichtchen zu sehen war, und meinte: Das ist Sophie. Nun beweis, was du kannst. Vierundzwanzig Monate sollst du sie versorgen.

Anna stillte ihr eigenes und das fremde Kind gemeinsam, bis Siegberta beschloss, zu Äpfeln, Schrot und Brot überzugehen. Kaum war die kleine Sophie zwei, wurde sie, mit runden Backen, starken Zähnchen und ihren ersten Anna-Wörtern zurück ins Elternhaus befohlen, um zur Frau erzogen und für die Ehe gedrillt zu werden. Aber das Leben mit seinen Tatzen, dachte Anna, hat ihr seine Male schon eintätowiert.

Die Vermittlerin kam mit neuen Kindern.

Anna zögerte. Wozu soll ich wieder irgend jemandes Säugling in die Arme nehmen und an die Brüste legen?

Wozu? fragst du. Es ist dein Beruf, Kind.

Ich will nicht mehr, sagte Anna.

Was soll das heissen?

Ich fange was anderes an.

Ein Platz wie bei dir, Anna, ist rar heutzutag. Ich weiss nicht warum, aber keine ist so gut wie du, schmeichelte die Alte. Was soll man machen, wir Kinder Evas kommen nun mal als dreckige kleine Bestien zur Welt. Das einzige süss duftende und liebliche Kind, das ich kenne, wird in Ewigkeit das Jesulein sein.

Das bisschen Kinderkot und saure Kotze sei es nicht, sagte Anna. Nach zwei Jahren sich wieder von einem Kind zu trennen, das deine Milch getrunken und dir die ersten Worte abgelauscht hat, dessen erste Schritte in deine Arme führten, immer wieder, das könne sie nicht.

Sei nicht dumm, Herrgott nochmal, sagte die Vermittlerin, du kassierst mehr als alle andern, und ich will verdammt sein, wenn das gelogen ist.

Glaub mir, ich ertrag's nicht mehr, sagte Anna.

Dummes Weib, schalt die Alte, schau dich doch um! Nicht alle können sich eine saubere Amme leisten, wie du eine bist, Anna. Und dennoch muss heute ein Ammenplatz her. Wer was auf sich hält, gibt sein Kindchen auswärts. Bloss beim Zahlen, da zögern sie dann. Drum hängen sich meine Ammen, diese geplagten Weiber, oft mehrere Schreihälse an die Brüste. Und wo die Milch nur für einen reicht, können sie die Bälger in ihren engen Bandagen nicht schnell genug an die Wände hängen. Und was tun sie dann, während die Pakete hilflos am Nagel baumeln? Sich ausruhen, wie es sich gehört?

Was geht mich das an, schrie Anna.

Das hat dich anzugehen, verdammt noch mal. Sie huren und saufen herum oder sie gehen auf den Markt und klauen sich zusammen, was ihnen zum Leben fehlt.

So weit sind wir gekommen. Dir aber bringe ich die besten der besten, du brauchst dir ums Geld keine Sorgen zu machen, und du zauderst.

Scher dich zum Teufel, sagte Anna und fand im nahen Bischoffingen bei Anton Unterwieser, einem Balbier, neue Arbeit. Doch bereits eine Woche später stand die Schwätzerin mit ihrem Handwägelchen, worin wie grosse Maden ein halbes Dutzend Wickelkinder lag, im Laden.

Ich hab ja Verständnis für dein zartes Herz, begann sie, aber was denkst du dir eigentlich? Schau sie dir an, diese Würmer. Sterben dahin, wie sie empfangen wurden, ohne viel Lärm, und ich sage dir, meine Weiber machen sich verdammt wenig draus. Da kann eine Bürgersfrau direkt froh sein, wenn sie das Kind gesund und wohlbehalten nach zwei Jahren wieder abholen darf.

Anna wollte Unterwiesers Ladentür zuschlagen, doch die Alte schob ihren Fuss über die Schwelle und schmeichelte: Deine Milch, Anna, ist so süss und fett, wie wir sie weit und breit nicht finden können. Unsere dürren Eselinnen vom Land und unsere Dirnen in den hinterwinkligen Gassen haben kaum noch welche. Und wenn ihnen auch ein paar Spritzer gelingen, so sind diese sauer und grau. Ich sage dir, fuhr sie fort und wies, Annas Arm umklammernd, mit der freien Hand auf ihr Wägelchen, ich finde viele Neugeborene nach einer Woche noch in denselben Packen vor, in denen ich sie abgegeben habe. Sie stinken den Leuten die Hütten voll, sag ich dir. Und während sie im eigenen Saft und Kot dahinbacken, verwächst ihre arme aufgeweichte Haut mit all den Windeln und ihrer eigenen Scheisse. Und wenn ich dann eingreife und diesen Lumpenweibern befehle, den Winzlingen sofort und vor meinen Augen die Tücher zu wechseln, was muss ich sehen? Ich muss sehen, wie der Dreck die kleinen Hinterchen verklebt. Muss sehen, wie die entzündete Haut samt Kot und Windeln den Kleinen in Fetzen vom Fleisch gerissen wird, wenn diese Schlampen sie sauber machen. Ich muss sehen, wie sie bluten. Ich muss ihr entsetzliches Wimmern hören.

Nimm deinen Fuss von der Schwelle und sieh, dass du weiterkommst, du Schlange, schrie Anna, oder ich sorge dafür, dass du die nächsten Tage weder stehen noch gehen kannst!

Bei dir, mein Kind, ist hingegen alles hell und sauber, liess die Frau sich nicht beirren. Deine Milch ist süss und gelb. Unsere noblen Stadtfrauen wissen das zu schätzen. Allerdings lieben sie es nicht, ihre Kinder weit reisen zu lassen. Sie kennen die Gefahren der Strassen. Und du weisst, wie sehr sie ausserdem fürchten, die Landluft bringe ihre Sprösslinge um. Doch was sollen sie machen. Gute Plätze sind nun mal rar. Drum komm zurück und denk dran, für dich hol ich die doppelten Taler heraus. Versprochen. Ich will verdammt sein, wenn das gelogen …

Nein, fiel ihr Anna ins Wort, einmal war genug. Und jetzt verschwinde, du.

So sehr die Vermittlerin, deren Brüste schlaff wie unbenutzte Strümpfe über den Rippen hingen, drohte und keifte, Anna blieb dabei. Schon vor Tagen hatte sie unter Schmerzen enge Bandagen um den Oberkörper geschnürt.

Das soll dir bald leid tun, dumme Gans, antwortete darauf die Alte und nahm den Fuss von der Schwelle, dieser Schmutzfink, dein Balbier, wird eines Tages noch dein Leben durcheinanderwerfen. Und das ist nicht gelogen.

Der Balbier war kein gewöhnlicher Bartscherer. Er rasierte seiner Kundschaft ab und zu den Bart, gewiss. Und fleissig entlauste, färbte und frisierte er auch Lokken und Zöpfe. Das Haar, so sagte er, verkörpere die Kraft, die unsereins am Leben hält. Darum schnitt er es nach bestimmten Regeln und nie bei abnehmendem Mond. Es könnte sogar sein, meinte er, dass die Seele in ihm wohne. Darum empfahl er, keinesfalls ohne Hut ins Freie zu gehen. Besonders beim Einnachten. Ein kleiner Spritzer Fledermauspisse konnte Kahlköpfigkeit zur

Folge haben. Hingegen bewirkten ein paar abgeschnittene Haarspitzen, ins Essen des ermüdeten Geliebten gestreut, Wunder, behauptete er.

Aber ebenso kurierte oder zog er Zähne. Der Mensch sei ein Haus mit Eingängen und Ausgängen, mit Keller, Dachboden, Kamin und Fenstern. Der Haupteingang dieses Komplexes sei der Mund. Und wie bei jedem Haus müssten gerade die Eingänge blitz und blank sein. Wer Schmutz durch die Haustür hineintrage und dort nicht jeden Tag wische, finde bald in allen Stockwerken Dreck und Ungeziefer. Wobei besonders die Zähne, sagte er, beliebte Nistplätze seien. Sie böten vielen Arten von Übeln ein hervorragendes Klima, in dem sie sich in Musse überlegen könnten, in welchen der vielen Kammern und Apparate des menschlichen Tempels sie sich niederlassen und ihr Werk vollbringen wollten.

Der Verehrer der heiligen Apollonia, Fürsprecherein der Zahnkranken, verstand auch den Aderlass, stellte Salben gegen Schorf und Krätze her. Er kochte Tinkturen gegen Hundebisse und Bienenstiche, experimentierte mit Baumrinden und Wurzeln gegen Kreuzweh und verstopftes Geblüt. Er sammelte Johanniskraut, um die Melancholia zu vertreiben. War eine Hinrichtung angesagt, verständigte er sich mit dem Henker, um sich vor dem Verscharren der Toten, sofern sie kräftig, jung und gesund waren, etwas von ihrem frischen Blut, das jugendliche Hirn, die Leber und eine Anzahl Knochen für seine Arzneien zu sichern. So diente ihm ein gewissenhaft ausgesottener und pulverisierter Totenschädel während Jahren zur Behandlung epileptischer Fälle. Und da die zum Tode Verurteilten ohne Ausnahme in ihrer letzten Stunde heftig schwitzten, kam er, war er flink genug, auch ab und zu in Besitz ihrer Schweissperlen. Daraus entstand noch in derselben Nacht Unterwiesers unvergleichliche Mixtur gegen Hautgewächse und Knoten. Von einem besonderen Hausmittel, dessen kostbarste Zutat er unter den Galgen erhängter Männer aufsammelte und zu kristallklaren Tropfen destillierte, hatte er nie genug. Denn nicht selten betrat ein niedergeschlagenes Mannsbild den Laden und klagte, ausgerechnet der edelste seiner Körperteile versage ihm den Dienst. Dadurch sei er gezwungen, sein Liebchen sich selbst oder – noch schlimmer – einem andern zu überlassen. Doch häufig war das Regal mit den erbetenen Tropfen schon leer, und die glücklosen Liebhaber hatten bald ernsthafte Probleme, für die sie nicht selten dem Balbier die Schuld zuschoben. Aber auch in den Knochen und Zähnen der Verurteilten, so war Anton überzeugt, wohnte eine besondere Kraft. Er spaltete sie in kleinste Splitter und empfahl seinen Kranken und Ratlosen, sie als Amulett an den Hals zu hängen oder in die Säume ihrer Kleider zu nähen.

In Anton Unterwiesers Haus ging das ganze Breisgau, ja der ganze Schwarzwald ein und aus. Wer vorbeikam, begegnete hie und da am Eingang einem hageren Landmann, und schaute er genauer hin, blickte er dem Tod ins knöcherne Gesicht. Liebesnöte trafen auf Liebesnöte, Schwangere auf Kinderlose. Ob es um Probleme mit der Haartracht ging oder um einen abgebrochenen Zahn, um Leben oder Ableben, die Leute hielten einander die Tür, und keiner beachtete den andern. In ihren Krücken hängend, humpelten die verunglückten Bauern herbei und schlichen die gichtigen Knechte heran, es kamen die Fuhrleute und herrschaftliche Kammerfrauen mit ihren Beschwerden. Nicht lange, da torkelten sie, besoffen von Antons Gerstenschnaps, narkotisiert vom Dampf gerösteter Bilsensamen, geschient und gesalbt, ihrer Leiden wieder halbwegs ledig, mit neuem Mut davon. Nur wenige sind mit denselben Gebrechen zurückgekommen.

Anna röstete, pulverisierte, kochte und mischte nach Unterwiesers Anweisungen die Zutaten der Salben und Pulver, vermengte die einen mit Öl, die andern mit Asche und schmierte sie in kleine Töpfchen. Wenn beim Zähneausreissen das Betäuben mit Bilsensamen nicht half, klemmte der Balbier den Kopf der Schmerzgeplagten in seine linke Armbeuge und operierte rechts mit der Zange. Anna musste Arme und Hände der sich

Sträubenden festhalten, und bäumten sie sich auf vor Angst, redete sie beruhigend auf sie ein. Schrei nur, schrei, sagte sie dann, ein lauter Schmerz tut nicht so weh. Auch schon hatte Unterwieser ihr befohlen, sich den Patienten, die auf die Narkose nicht ansprachen, auf die Brust zu knien. Anna war auf diese Gepeinigten geklettert, hatte in ihre verzerrten Gesichter geblickt und sich gewundert, wie verwandt der Ausdruck des Schmerzes demjenigen höchsten Genusses war.

Seine Tropfen und Tinkturen braute Anton nie zusammen, ohne vorher in den Himmel geguckt und den Stand des Mondes geprüft zu haben. Er hatte ein paar Jahre in einer Pfaffenmühle zugebracht, wie er selbst gern betonte. Dort hatte er nicht nur seine medizinischen Kenntnisse erworben, sondern auch Schreiben und etwas Latein gelernt. Sorgfältig malte er daher auf jedes seiner Fläschchen und Döschen winzige lateinische Wörter und Formeln, von denen Anna nur wenige länger als ein paar Stunden im Gedächtnis blieben.

Doch leider war die Alte von der Ammenstube nicht die einzige, die Anton beschimpfte und verspottete. Es arztete ja tatsächlich manch gewissenloser Pfuscher und Quacksalber herum, der eine Zecke nicht von einer Warze unterscheiden konnte. Oder den Gehörlosen ohne Messer, ohne bittere Tropfen Heilung versprach. Durch eine Wurzel, die er eigenhändig bei Syrakus ausgegraben haben wollte und die er ihnen an die Ohren hängte. Diese Schwindler und Abenteurer schadeten Unterwiesers Ruf mehr und mehr, obwohl sie sich keineswegs mit ihm hätten messen können.

Da starb ihm eines elenden Tages, sozusagen unter den Händen, ein Kind. Dies hätte kaum Aufsehen erregt, wäre es nicht das Töchterlein eines reichen und freien Mannes gewesen. Niemand hatte ihn von der Absicht unterrichtet, die Bewusstlose diesem Schwätzer anzuvertrauen, diesem Schwarzkünstler, diesem Doktor Pferdefuss, wie er ihn titulierte. Als man ihm die kleine Leiche auf den Hof brachte, sass der Bauer gerade bei Schinken und Gerstenbier, warf augenblicklich das Messer, an dem noch ein Brocken steckte, auf den Tisch, liess einspannen, peitschte seine Pferde quer über die Felder Bischoffingen zu und fragte sich nach Antons Balbierladen durch. Dort angelangt, packte der Bauer den Tisch, auf dem Anna täglich die Kräuter wog und das Öl mass, bevor es ans Vermengen ging, und kippte ihn um, als reute ihn die Zeit, darum herum zu gehen. Er riss Antons Regal mit den fleissig bezeichneten Töpfchen von der Wand, schlug in seiner Verzweiflung und Trauer über das tote Mädchen die ganze Werkstatt samt Spiegel und Balbierstuhl kurz und klein. Hernach verklagte er Anton bei Gericht. Zur Linderung seines Schmerzes und zur Rettung der unschuldigen Seele seiner Tochter stiftete er der Kathedrale von Freiburg ein weiteres Altarbild, nicht ohne sich selbst am untern Rand als kleinen knienden Bittsteller darstellen zu lassen.

Zu seiner Entlastung hatte Anton einzig das scharfe, rostige Eisenstück vorzuweisen, das er aus dem eiternden Fuss des Mädchens geschnitten haben wollte. Aber rostige Dinge gab es zu Hauf, jeder konnte sie aus dem Hosensack zaubern. Wie sollte das Gericht, wie erst sollte der fromme Bauer angesichts des Verlusts seiner einzigen Maria Helena Luzia Anna dem Balbier und seinem nichtswürdigen Argument Glauben schenken? Anton war denjenigen, die seinem Ruf nicht trauten und seine Hilfe daher auch nicht in Anspruch nahmen, ja längst so unbequem gewesen, als wäre er selbst ein rostiger Nagel in ihrem Fuss. Der Unglückliche wurde durch richterlichen Spruch sein Handwerk und den Balbierladen zeitlebens los. Wenn nicht der Allmächtige sich ein wenig erbarmt hätte, wäre er vor aller Augen wegen Totschlags aufs Rad geflochten worden. Doch blieb er lange Jahre im Turm.

Hab ich es nicht gesagt, hab ich es nicht gewusst, triumphierte darauf die Säuglingsvermittlerin. Keine Stunde, nachdem Unterwieser vor Gericht geschleppt worden war, stand sie wieder in der Ladentür. Schon von Berufs wegen hatte sie ihre Augen und Ohren überall.

Anna versuchte, sie hinauszustossen, aber die Alte hielt mit der unverhofften Kraft, die starrsinnigen Greisinnen oft eignet, ihren Arm umklammert.

Sie höhnte: Ja, die Kleinen, ja, die Feinen, die holt er zuerst, der Schnitter. Auch bei mir holpert er auf dem Karren mit, sei getrost. Ist auch mein Berufsrisiko. Er stiert auf meine Unschuldsseelchen, wie wir armen Sünder auf die reifen Aprikosen im Spalier. Und je länger und beschwerlicher der Weg, desto aufsässiger wird mein unerwünschter Passagier. Wärst du nur bei uns geblieben, es ginge dir heute besser.

Um ihren dreiunddreissigsten Geburtstag herum rollte Anna von neuem ihr Bündel, nahm das Kind an der Hand, setzte Unterwiesers schwarzen Hut auf und verliess Bischoffingen, wo sie zwar die kleine Sophie in der Nähe wusste, aber dennoch das bestimmte Gefühl gehabt hatte, dass hier keine gute Gegend für sie sei. Sie fand Arbeit als Näherin im Haus eines Grafen. Im Spätsommer fuhr dieser in Begleitung der Gräfin und im Auftrag des Erzherzogs nach Basel zum Konzil. In den Jahren als Vogelfängerin hatte Anna das Reisen geliebt. Warum sollte sie nicht freudig mitziehen?

Die Gräfin hatte darauf bestanden, einen Abstecher in jene abgelegene, von ihren Einwohnern selbst als Hinterland bezeichnete Gegend zu machen. In dem ausgedehnten, von Hügeln umgebenen Sumpfland, tiefgrün vor Feuchte, reich an Mücken und Vögeln, an allen Seiten von Bächen genährt, wohnte auf Kastelen ihre Nichte.

Als sie eintrafen, stiegen schon die ersten Nebel aus den Sümpfen, Strauch und Baum leuchteten in herbstlichem Gelb, die Zugvögel schickten sich an, das Land zu verlassen. Viel zu früh war es Herbst geworden, und der Graf drängte bald zum Aufbruch. Am Tag vor der Weiterreise wurde Siegberta plötzlich von hohem Fieber befallen, begleitet von Schüttelfrösten. Sie fantasierte und glühte. Anna hielt es für das beste, sie in diesem Zustand zu schonen, und bat, bleiben zu dürfen, bis das Kind wieder gesund sei. Hulda, die gräfliche Nichte und junge Herrin des Sumpflandes, hatte den Gästen mit grossem Aufwand, wie sie es liebte, Unterkunft und Verpflegung gewährt. Sie hatte befohlen, die müden Pferde gegen kräftige, unverbrauchte auszutauschen. Jetzt wollte sie es sich auch nicht nehmen lassen, für die Magd zu sorgen. Auf dem Rückweg vom Konzil würde die Grafschaft die Frau und das Kind wieder abholen. Und Hulda hätte Gelegenheit, die Verwandten abermals zu sehen. Am Fuss des Burghügels von Kastelen stellte sie Anna eine leerstehende Hütte in einem kleinen ummauerten Hof zur Verfügung. Sie lieh ihr eine Ziege, gelegentlich liess sie sogar nach der Kranken fragen und etwas Honig zu ihrer Stärkung bringen. Bis der Graf von Basel zurückkommt, dachten alle, ist das Kind bestimmt gesund und wird mit der Mutter und dem gräflichen Tross nach Hause reisen.

Allein, auch das Konzil kränkelte vor sich hin. Als Anna neunzehn zählte, war es einberufen worden. Jetzt überragte es schon vierzehn Jahre, bedrohlich wie ein Gebirg, die Christenheit.

Als radikales Konzil hatte es begonnen. Wollte den Papst entmachten und ein Gremium höchster Kleriker über ihn setzen. Namhafte Kirchenmänner Europas waren nach Basel gekommen, und viele schon vor Jahren. Da es nicht unbedeutend war, ob sie einander verstanden, hatten sie Latein als Amtssprache gewählt. So erklangen die fremdartigen Vokabeln nicht nur in Versammlungshallen und Wandelgängen, sondern schwirrten seit Jahren wie entflogene Stubenvögel über dem Geschrei der Gassen und Marktplätze, wenn die Konzilsväter zu den Sitzungen eilten. Erst spät in der Nacht verebbte die Aufregung, während in den Alkoven die tausend schönsten Huren Europas, die extra herbeigekarrt worden waren, den ruhelosen Geistern ihr schwaches Fleisch in Erinnerung brachten. Und, beim Kuckuck, die Verständigung funktionierte ganz ohne Latein.

Lange bevor der Graf mit seiner Familie in Basel eintraf, war der Wille zur Reform schon erschlafft, die Synode gespalten. Frühere Radikale hatten sich wieder zum Papst bekannt, Freunde waren zu Feinden geworden. Das Abendland war zerstritten, Deutschland in zwei Lager gespalten. Juristen und Staatsmänner wurden beigezogen. Und bald wurde darüber verhandelt, ob das Konzil statt in Basel nicht eher in Avignon oder noch besser in Florenz weitertagen sollte. Zweimal hatte der Papst die Arena am Rheinknie aufgelöst, zweimal hatte eine Mehrheit der Teilnehmer davon keine Notiz genommen. Alle beriefen sich auf die Taube des Geistes, die das Siegel sämtlicher Verlautbarungen dieses Konzils zierte. Und vor jedem Zusammentreten sangen sie wie aus einem Mund, wobei jede Partei die andere zu übertönen trachtete, das Veni Creator Spiritus.

Diese Streitschriften und Gutachten, Predigten und Gegenpredigten, die das neuerliche Schisma zum Thema hatten! Hätte man die Papiere zu Stössen und die Stösse zu Mauern gestapelt, man hätte bequem eine ganze Stadt errichten können. Mit Kirchen und Kasernen. Wollte einer sämtliche Traktate einsammeln und fortbringen, so schilderten Kenner die Szene, würden hundert Kamele nicht reichen.

Schliesslich berief der Papst in Florenz ein Gegenkonzil.

Auf Kastelen wartete man vergeblich auf den Grafen, der die Rückreise von Monat zu Monat verschob. Im Dorf waren die Leute durch die Krankheit und die Genesung des fremden Mädchens mit Anna allmählich ins Gespräch gekommen. Sie kannten diese heftigen Fieberschübe, die von den Dämpfen der Sümpfe herrührten. Sie rieten Anna, was zu tun sei. Diese lauschte ihnen höflich, doch bald sprach sich herum, dass sie selber Bescheid wusste. Als der Winter kam, suchten bereits ein paar Verwegene die Frau aus dem Rheinland auf, die die meisten um einen Kopf überragte, um sich wegen eines Hustens, einer Frostbeule Rat zu holen.

Anna kämpfte um den Lebensunterhalt für sich und das Kind. Sie anerbot sich zum Holzsammeln und Wassertragen, im Frühling begann sie auf den Feldern zu helfen, im Sommer ging sie an die Bäche und in die Wälder der nahen Hügel, sammelte Schnecken, Beeren, Kräuter, Pilze. Ein paar Körbe voll brachte sie Hulda zum Verzehr, den Rest behielt sie in ihrer Hütte zurück. Sie bündelte die Kräuter, zog die Pilze auf Fäden auf und trocknete sie.

Von der hohen Frau erhielt sie hin und wieder eine Näharbeit, da deren Kammerfrau am Erblinden war.

Über ein Jahr verging, der Graf und seine Leute kamen nicht zurück. Anna aber war mit ihren Handreichungen und den Hausmitteln, die ihr von Unterwieser, dem Balbier, im Gedächtnis geblieben waren, längst überall hochwillkommen. Wo sie auch anpackte, im Feld oder zu Hause, man war froh um diese werweisswoher Gekommene, die die Arbeit nicht scheute.

Im übrigen kannten die Leute nichts anderes. Jeder und jede half und heilte, wo es nötig war, und wo man es vermochte. Wer weiss, sagten sie in ihrer wortkargen Art, man sei vielleicht selber auch einmal froh.

Die Herrin oben auf Kastelen, die seit dem Tod ihres Mannes bei Sankt Jakob nichts lieber tat, als zur Stadt fahren oder Ehebünde einfädeln, hatte Anna eine Weile beobachtet. Als es zum zweitenmal Frühling wurde und der Graf nicht gekommen war, beschloss sie, die tüchtige Fremde Johann, einem ihrer Knechte, zu geben. Dessen Frau, ein schaffiges und frommes Weib, war kurz nach der Fehlgeburt des ersten Kindes gestorben.

Schon vor Abschluss der Trauerzeit hatte die ganze Dorfgemeinschaft gerätselt, wer als nächste Tisch und Bett mit ihm teilen würde. Da der Mann weder besonders arm noch besonders reich war, dafür aber schön und kräftig und ausserdem in gesicherter Stellung, hätte manches Mädchen und manche Witwe im Umkreis gerne von ihm den Ring genommen. Davon hörte die blinde Kammerfrau, die auf der Burg ihr Gnadenbrot ass, und flugs erteilte sie Rat.

Sie habe geträumt, liess sie Hulda wissen, die Verstorbene sitze am Wegrand nah beim Brunnen, wo sie bis zuletzt täglich ein wenig gesessen habe, um danach den gefüllten Krug auf dem Kopf heimzutragen. Find meine Ruh nicht, habe sie geklagt. Muss dem Mann den Eimer füllen. Tag für Tag den Eimer füllen, Tag für Tag das Wasser tragen. Alle, die vorbeigekommen seien, hätten sie da sitzen gesehen und flehen gehört, dass sie dem Johann eine neue Frau geben sollten. Sie hätten gefragt: Wen, Teresa, wen sollen wir ihm geben? Sie habe geantwortet: Es soll jene zur zweiten werden, die mich als erste beweinte.

Gleich nachdem dieser hellsichtige Traum bekannt geworden war, nahmen die Mütter des Dorfes ihre heiratsfähigen Töchter ins Gebet. Und es zeigte sich, dass drei Mädchen gemeinsam beim Witwer gewesen waren, um als erste einen Kondolenzbesuch abzustatten. Doch jede von ihnen, so stellte sich heraus, wollte zuerst ihren Fuss über Johanns Schwelle gesetzt haben.

Die Kammerfrau, zum zweitenmal um Rat gefragt, hatte ein weiteres Gesicht, welches offenbarte, die Richtige würde daran zu erkennen sein, dass sich damals in ihren Rockfalten ein paar Dornen gefangen hätten, die jetzt noch dort zu finden seien. Im Dorf befingerten und musterten die Frauen sofort sämtliche in Frage kommenden Röcke, wendeten Säume und Falten, kehrten verborgene Taschen. Bevor aber das Beweisstück an den Tag kam, wollte die Herrin selber zur Tat schreiten und Johann ihre Idee unterbreiten. Es war ihr zugetragen worden, er tauge zur Arbeit immer weniger, sei vergesslich und mürrisch geworden. Die junge Witwe ahnte die Einsamkeit und nächtlichen Qualen des Mannes und gab ihnen die Schuld an seinen neuen unberechenbaren Launen. Und als sie der Kammerfrau von der Absicht erzählte, dem Johann die ehemalige Vogelhändlerin zu geben, fiel der alten Vertrauten ein, dass Anna ja mitgeholfen habe, Teresas Leiche zu waschen. Ferner erinnerte sie sich, wie den andern Leichenwäscherinnen damals schon aufgefallen sei, dass ausgerechnet diese Auswärtige als erste und ohne Scheu bei der Toten gewesen war, um das Notwendige zu tun.

Johann hingegen dachte nicht daran, wieder eine Frau zu nehmen. War nicht sein unberechenbares Lust- und Liebestier schuld am Tod seiner jungen Teresa und ihres gemeinsamen Kindes? Ungebärdig hatte dieses Tier sich in Teresas Nähe stets benommen. Gepocht und gestampft, sich herrisch aufgerichtet und Johann keine Ruhe gelassen. Hätte er diesem zügellosen Werber nicht wieder und wieder den Gefallen getan, ihm das Mäntelchen abgestreift und ihn in Teresas schmalen Leib gelassen, wäre sie noch da, lachte, sänge, werkte herum. Nie mehr würde er dem Tod Handlanger sein.

Als jetzt das Hinterland auftaute, das Schmelzwasser alle Bäche über die Ufer trieb, die Vögel in Binsen und Hecken zu bauen und zu balzen anfingen, auch Hulda voller Ungeduld die üblichen Vorbereitungen traf, um in die Stadt zu fahren, fragte sie den Unglücklichen noch vor der Abreise ganz direkt, ob er diese Fremde aus der Gegend des Kaiserstuhls zur Frau haben wolle. Sie lebe seit einiger Zeit in der Hütte unten am Burghügel. Sie, Hulda, zweifle nicht, dass er sie schon gesehen habe. Eine schöne Frau mit einem grossen schwarzen Hut.

Kaiserstuhl, sagte darauf der Mann ausweichend, wo ist das?

Dort, hob die Herrin die Hand und wies über den Santenberg in seinem Rücken. Der Mann schwieg.

Warum gerade ich, dachte er, warum gerade ich? Mir kommt kein Weib und kein Kind mehr in die Hütte. Die Herrin fragte er höflich, was die denn könne.

Hulda sagte mild: Sie hat Vögel gefangen und ihnen das Singen beigebracht. Sie ist herumgekommen.

Das ist nichts für mich.

Mit Nadel und Zwirn kann sie auch prächtig umgehen. Und sogar ein Kind hat sie. Wenn du willst, überlass ich euch das kleine Haus am Fuss meiner Burg und den Acker daneben.

Ein Kind, sagte der Mann. Was soll ich mit einem Kind? Dazu noch einem fremden?

Sie hat es nun mal, sagte Hulda, du wirst dich drein schicken und noch ein paar machen.

Und reden, murrte er, tut sie auch nicht wie wir.

Das wird sich schon geben, sagte Hulda.

Und wenn ich nein sage? fragte der Mann.

Es ist nicht gut für Mann und Frau, allein in der Nacht im kalten Bett zu liegen. Oder willst du das leugnen?

Lachend ritt sie davon, und Johann ging gemächlich, wie es seine Art war, an die Arbeit zurück. Er beschloss, die Sache zu vergessen.

Aber die hohe Frau blieb dabei. Kaum war sie mit ihren Einkäufen von der Stadt zurück, redete sie, wann immer sie ihn traf, auf ihn ein, beauftragte auch die alte Kammerfrau zu vermitteln, worauf diese ein paar Spitzen von Annas schwarzem Haar beschaffen und heimlich in ein Stück Kuchen für den Witwer backen liess, so dass Johann schliesslich zugab, sich die Anna einmal unauffällig aus der Ferne angesehen zu haben. Am Sonntag danach schritt er den steilen Weg von der Burg hinunter, um sich diese Vogelhändlerin während der Messe genauer anzuschauen.

Die Dorfmütter und ihre halbwüchsigen Töchter gaben sich heimliche und vielsagende Püffe, als sie den einsamen Knecht als ersten im leeren Gotteshaus auf dem Boden knien sahen. Mit niedergeschlagenen Augen, so sah es aus, gingen sie an ihm vorbei, um sich in der Nähe zum Beten zu versammeln.

Er erkannte Anna sofort am grossen schwarzen Hut, ohne den sie nie ins Freie ging. Über das Haar hatte sie das übliche Tuch gelegt und locker um Hals und Nacken geschlungen. Die Füsse waren kräftig und breit, doch als sie später zum Altar ging, um sich den Leib des Herrn auf die Zunge geben zu lassen, fiel ihm auf, wie leicht sie ihre Schritte setzte, wie fliessend ihr Gang war. Und ihm gefiel, wie sie vor Vater Pantaleon kniete, die Hände gefaltet, den Kopf aufrecht, den Mund leicht geöffnet, die Zunge feucht und voll. Später schlenderte er unauffällig in ihre Nähe und sah, wie sie mit ihren weichen, aber starken Lippen inmitten der ganzen Gemeinde sang. Da fühlte er ihn plötzlich wieder, seinen Bengel. Und er ging und sagte der Herrin ab, ein für allemal nein. Sein schwarzes Tier sei schon wieder sprungbereit, meldete er. Und dieses sei schliesslich schuld, dass seine Frau im Kirchhof liege und er das einzige Kind ungetauft habe verscharren müssen.

Da magst du recht haben, lenkte Hulda ein, aber diese Anna ist an der Liebe nicht gestorben, wie man sieht, und das Kind ebensowenig. Wenn sich dein Tier ihr zu Ehren bemerkbar macht, tu ihm und ihr den Gefallen, lass es aus dem Zügel und auf die Weide.

Es wird sie umbringen.

Warum? Trau Gevatter Tod auch mal etwas Klugheit zu. Soll er vielleicht zweimal denselben auf dieselbe Art schlagen? Glaub mir, der ist auf Abwechslung aus. Diesmal lässt er euch in Frieden.

Johann war schliesslich kein Dummkopf, und die Frau strahlte vor Gewissheit. So widersprach er ihr diesmal nicht. Zudem war diese Anna, nun ja, sie war, wie sie so gesungen hat mit ihren schönen Lippen … aber diesen scheusslichen Hut sollte sie ihm zu Gefallen verfeuern.

Er lag den ganzen restlichen Tag in einer Lichtung, lauschte den zurückgekommenen Vögeln über dem Moor, dem Konzert der sirrenden und zirpenden Insekten, dem fernen Summen des Dorfes, in das sich hin und wieder die Klage von Huldas Pfauen mischte. Er bestaunte die Wandlungen der Wolken und dachte darüber nach, wie das Leben doch seltsam mit ihm umspringe, einmal eine Frau nehme, ein andermal eine bringe. Ihm war so angenehm zumut, wie schon lange nicht mehr. Und es lockte ihn, ins Land hinauszujauchzen. Munter drehte er sich auf den Bauch, steckte einen Grashalm zwischen die Zähne und sah sich um. Da erblickte er unverhofft Siegberta, die Wegerich sammelte. Sie hielt die Schürze an zwei Zipfeln in die Höhe und legte Blatt für Blatt in diese wippende, mehrmals gewiefelte Schale. Jetzt richtete sie sich auf und suchte mit den Blicken nach dem Urheber des Jauchzers. Später trat Anna unter dem Gezeter einer Krähe aus dem Unterholz und trug statt des unpassenden Hutes ein grosses Bündel Reisig auf dem Kopf, das sie mit einer Hand stützte. Auch sie blickte lange suchend umher, aber die Sonne blendete sie. Der Mann lag im Gras und regte sich nicht. Als ob sie jemanden erwartet hätte, rief sie: Bist du's? Bist du zurück? legte dann, als niemand sich regte, die freie Hand auf die Schulter des Kindes und führte es zum Weg zurück. Noch einmal drehte sie den Kopf und spähte umher. Was hast du, fragte das Kind, wen suchst du? Die beiden verschwanden scherzend hinter einer Hecke. Hätte er sich aufgerichtet und irgend etwas geantwortet, es wäre vielleicht alles anders gekommen.

In der Nacht erlitt der keusche Johann ein Martyrium, um das ihn manch ehrenwerter Heiliger beneidet hätte. Hansli fuul Lümpli, wie die alten Frauen Satan im Spass betitelten, hatte ihm sein ganzes Arsenal unzüchtiger Träume und Spukgesichter für ein paar Stunden überlassen. Endlich – noch halb im Schlaf – durchfuhr ihn aber der Gedanke, dass er dies alles zu beichten haben würde. Entsetzt sprang er von seinem feuchten Lager und – stand seiner Frau gegenüber. Sie war schmächtig, aber schön wie ein Engel, ihr Haar glänzte in einem überirdischen Flimmern. Ohne zu zögern, näherte sie sich Johann. Er wich zurück, aber schon kraulte sie sein munter gewordenes Tier und sagte, dass kein Leben sei, wenn der Mensch nicht zu seinem Tier und das Tier nicht zu seinem Menschen schaut. Geh, heirate sie. Ich werde an eurer Hochzeit sein und tanzen, dass dir Hören und Sehen vergeht. Darauf küsste sie ihn heftig, wobei ihm war, sie lege ein Hagelkorn in seinen Mund.

Bleib, Teresa, bleib da, sagte er und umschlang ihre Knie. Doch schlug er bloss auf dem hartgestampften Boden auf. Dort blieb er und tröstete sein rebellisches Tier, verschlang und schluckte alles, was er dabei vergoss.

Der folgende Sonntag fand Johann schon im ersten Sonnenstrahl übers gefüllte Waschbecken gebückt, in dessen Spiegelung er sich sorgfältig kämmte. Er schabte die Wangen und richtete einen ungewohnten steifen Kragen. Diesen hatte die Kammerfrau ihm aus dem Nachlass ihres Seligen geliehen. Dazu den Rock, die Strümpfe und ein glänzendes Paar Schuhe mit Schnallen.

Seit Johann beschlossen hatte, die Vogelhändlerin an diesem Sonntag anzureden, verfolgte ihn die Kammerfrau mit Ratschlägen und Handreichungen und setzte ihr ganzes Wissen und Unwissen daran, aus dem Knecht einen geschniegelten Lakaien zu machen. Noch während er abschliessend seine Fersen in die geliehenen

Schuhe zwängte, versuchte sie, ihm die Verhaltensregeln und Antragsformeln einzutrichtern, die einem Freier ihrer Meinung nach seit alters Türen und geheime Pforten öffneten. Es handelte sich just um all jene veralteten Schmeicheleien, die schon ihre Liebhaber seinerzeit vergessen hatten. So hatte auch Johann kein Ohr und kaum Zeit für all ihr Raten und Stupfen, sondern eilte, schön wie ein Balzhahn, zur Kirche, lang bevor das Geläut zur Andacht rief, um in aller Stille seine eigenen Gedanken und Worte zu sammeln. Er überlegte, welches die passenden und welches die unpassenden seien. Er rollte vom verbliebenen Dutzend eins nach dem andern auf der Zunge hin und her. Er untersuchte sie auf Wirkung und Sinn, bis er endlich glaubte, die einzigen Wörter gefunden zu haben, mit denen er Anna gewinnen konnte, ohne zuviel zu versprechen von Anfang an.

Als sich aber die ersten Leute näherten, sah er den Augenblick der Begegnung zu jäh in nächste Nähe gerückt. Er beschloss, ihn auf das Ende der Messe zu verschieben. So könnte er Anna noch einmal unverbindlich beobachten und prüfen, ob sie tatsächlich die richtige und der Auftrag Huldas ein kluger sei. Während die Gläubigen wie gewohnt die Messe nutzten, um Bekannte zu sehen, kleinere und grössere Geschäfte in die Wege zu leiten und Verabredungen zu treffen, die

Töchter des Dorfes ihn aber immer auffälliger umkreisten, schlenderte er selbst mal hinter, mal neben Anna vorbei und konstatierte von neuem ihre kühnen Lippen, ihre selbst beim Knien aufrechte Gestalt, die Kraft und Zärtlichkeit in den Linien ihrer gefalteten Hände, allein die Schultern, sinnierte er voller Andacht, schienen zu wenig umarmt worden zu sein. Beim Segen stand sein Entschluss fest, so dass er, ohne das Ite missa est oder das Deo gratias abzuwarten, als erster wieder draussen war. Unter etlichen Seufzern und vielmeinendem Augenrollen sahen die Mädchen ihn entwischen. Er aber hatte mittlerweile einen würdigen Satz samt Fragezeichen beisammen. Er schien ihm für sein heutiges Anliegen genau der richtige, und man hörte, wie er sich voller Ungeduld räusperte.

Anna sagte nein.

Johann stand entzaubert mitten auf dem Platz. Die Leute hatten sich zerstreut, aber er schloss und öffnete seine Fäuste in kurzen und längeren Abständen. Nach einer Weile begann er, sich den steifen Kragen vom Hals zu zerren. Die zum Leben erweckten Wörter in seinem Kopf liessen ihm keine Zeit zur Besinnung und formten sich zu unflätigen Flüchen, die er alle nacheinander ausstiess, dass sogar die baumelnden Fledermäuse oben im Kirchturm aufschreckten und hohe kleine Schreie taten, als hätte ein Blitz sie gestreift. Die Türme selber ragten, betenden Händen gleich, noch steiler, noch hochmütiger zum Himmel als sonst. Es war Johann, als ob sie unauffällig ihre Schatten zusammenrafften und in Sicherheit brächten. Erst gegen Mittag, der Platz war leer und gleisste, gab Johann sich einen Ruck und trottete davon.

Am Nachmittag erschien er zerzaust und ohne den höfischen Kragen und die glänzenden Schuhe an Annas Tor. Sie liess ihn ein, und unvermittelt stand er in einem Garten der Düfte und Farben. Alles blühte und gedieh, Licht und Schatten spielten unter der Birke neben dem niederen Haus. Auf dem Dach liebte sich ein Taubenpaar, ein buntes Huhn kratzte voll Geringschätzung am Boden. Nah der Wand stand eine Bank, davor ein von der Sonne ausgelaugter Tisch. An den bat sie ihn und kredenzte ein Glas Beerenmost. Alles rundherum schien ihm reinlich und aufgeräumt. Nichts, das ihm störend ins Auge stach ausser Annas schwarzem Hut, der gleich neben der Tür zum einzigen bewohnbaren Raum der Kate hing. Dennoch: Hier schien etwas am Werk zu sein, das er nicht kannte und daher fürchten musste. Es triumphierte eine Innigkeit, die ihn beflügelte und einschüchterte in einem. Allein, er war mit der Absicht gekommen, die Anna umzustimmen, und dabei blieb er. Er meinte, sich zu erinnern, wie Huldas Kammerfrau ihm im Vertrauen mitgeteilt habe, eine Frau, die das erste Mal nein sage, sage das zweite Mal noch vielleicht, und beim dritten Mal sei sie sein. Doch so lagen die Dinge hier anscheinend nicht. Anna bat ihn, sich den Gedanken aus dem Kopf zu schlagen.

Der seit Tagen aufgestachelte Johann, der sich vielleicht noch nie zuvor so stark und schön erlebt hatte, sagte sich: Du wirst dir diese Antwort nicht gefallen lassen. Du zeigst jetzt, was du kannst und wer du bist. Zwinge diese hochmütige Kratzbürste in dein Bett und in die Gewalt deines armen einsamen Tiers. Ein bisschen lutschen und beissen, ein bisschen flutschen und reiten, was ist schon dabei. Es wird ihr guttun. Es wird ihr gefallen.

Auch Anna war anders als sonst. Der Blick abweisend, die schönen Lippen verschlossen, ihre ganze Erscheinung Abwehr. Dieser grosse, nicht unfreundliche, aber doch etwas finstere Landmann, der jetzt ohne steifen Kragen, ohne einengende Beinkleider und mit blossen Füssen wiedergekommen war, um mit ihr ein gemeinsames Leben zu zimmern, war ihr nicht näher, nicht vertrauter als Nimrod, der verstiegene Baumeister von Babel. Danke, Johann, dass du gekommen bist, sagte sie. Wirklich lieb von dir. Aber es soll so bleiben, wie's ist. Ich werde nicht hochzeiten. Einmal hätte ich alles drum gegeben. Aber es sollte nicht sein. Geh jetzt, nimm eine andere und lass uns in Frieden.

Ich hab's ja auch nicht gewollt, sagte Johann. Die Herrin will es halt so.

Ich mag nicht hier bleiben, Johann.

Er sah auf ihre Schultern, von denen er gedacht hatte, dass sie umarmt werden müssten. Und dass sie danach schon etwas zu tragen vermöchten. Du wirst es gut haben, sagte er.

Johann, sechs Jahre bin ich jetzt allein gewesen. Und so wird es bleiben. Geh, lass uns in Frieden.

Ich bin auch allein gewesen.

Es geht nicht, glaub mir.

Das Kind braucht einen Vater.

Ich bin ihm Vater und Mutter.

Das ist nicht gut.

Sieh dich um, die Gegend ist voller Weiber. Mich wundert, dass du noch hier herumsitzt.

Das ist nicht schön, Anna.

Geh jetzt und sag der Herrin, ich wolle nicht mannen. Dich nicht und auch keinen andern.

Er ging. Doch sein Tier wollte nicht so mir nichts dir nichts klein beigeben. Es sträubte sich gegen diese Zurückweisung, bäumte sich auf und tat weh. Johann bezwang sich, nahm es wie gewohnt in die Zügel. Aber jetzt traten auch all die auferweckten Wörter in seinem Kopf wieder zusammen. Statt sich rasch und einsilbig, wie sie es gewohnt waren, zurückzuziehen, bauten sie sich noch einmal zu wüstem Gefluche auf. Und dieses Gefluche warf Johann, ausgesperrt aus Annas summendem, blühendem Hof, hilflos gegen den verschlossenen Eingang und über die Mauer.

Der Beelzebub solle sie holen samt ihren Hühnern und dem verbrecherischen Hut, er solle ihr die eitlen Bohnenstangen ausreissen und aufs neue Strohdach über dem Kopf statt Taubenbraten den roten Hahn setzen, rief er. Seine gekränkte Männlichkeit hiess ihn Steine vom Boden nehmen und in Annas Beete werfen. Einen Hagel aus Eisklötzen wie Hühnereier und einen solchen aus Steinen wie diesen solle Beelzebub ihr bringen, das sündhaftige Gärtchen solle zur Salzwüste, zu einem Aschehaufen werden. Anna geriet nun über den Steinhagel ihrerseits ausser sich. Er zerquetschte ihre jungen Salate, knickte Basilikum, Rosmarin, Lavendel. Sie eilte, die Arme schützend über dem Kopf, zum Tor, riss es auf und schrie: Was du mir fluchst, werd ich dir heimzahlen. Besser, du lässt mich, du Tropf.

Neugierig, wie Johanns Antrag diesmal aufgenommen würde, waren die Leute dem Freier mit etwas Abstand gefolgt. Nach und nach bildeten sie ein stummes Halbrund um das Tor und beobachteten alles in grösster Seelenruhe. Es fiel ihnen gar nicht ein, dass jemand hervortreten und dem unglücklichen Johann ins Gemüt reden sollte. Sie wussten, das Glück war ein seltenes und launisches Gestirn. Es hat ihm nicht geleuchtet, weil's halt nicht leuchten wollte. Warum ging er nicht unter den Hiesigen weiben? Das hatte er nun davon. Vielleicht würde er nach dieser Abfuhr klüger.

Anna stapelte die Steine auf einen Haufen. Der würde das Unheil, das Johann ihr angewünscht hatte, vielleicht abwenden. Sie besserte die Schäden, so gut es ging, wieder aus. Aber inwendig blieb es beklommen und dumpf, bei Johann wie bei ihr.

Statt eine Frau gewonnen, so sagte sich dieser, habe er sich eine zur Feindin gemacht. Aus der Verlockung war ein Fluch geworden, aus dem sonntäglichen Freien ein ausdauerndes Grübeln. Wie ein wucherndes Unkraut, zu eilig und ohne Wurzel ausgerissen, machten die alten Selbstzweifel sich von neuem über Johann her. Schwermut legte sich auf sein Gemüt. Gerüche, Geräusche wurden alle feindselig, die kleinste Anstrengung kostete unendliche Kraft, das Essen schien schal und widerte ihn nach wenigen Bissen an. Doch der neuerwachte Johann, eben noch aus dem Schlummer der Melancholie und der Trauer um Teresa und das Kind herausgerissen, wehrte sich. Nicht alles war verloren. Ein drittes Mal habe er noch zugut, sagte er sich. Aber der andere, schwermütige Knecht, der er gewesen war, war nicht umzustimmen, auch wenn seine zuversichtliche Seite ihn erinnerte an Teresas Versprechen, an seiner Hochzeit zu tanzen. Dem hielt er entgegen, boshaft sei die Anna, schlau habe sie ihn verlockt mit ihrem eitlen Gesang und Getue in der Kirche. Es habe ihm aber gefallen, widersprach der neue Johann. Der andere beharrte, hernach habe sie ihn auf unkeusche Gedanken gebracht und nachts so sehr aufgestachelt, dass er sich während des Tages Müh und Plagen ständig zurück auf das Lager gesehnt habe. Der Teufel sei das gewesen, warf der glücklose Freier ein. Das, meinte hingegen der alte Johann bitter, komme auf dasselbe heraus. Mit bestrikkenden Bildern und teuflischen Verheissungen habe diese dahergelaufene Hündin sich stets von neuem in seine Träume geschlichen. So sei er schlaflos, freudlos geworden, ein gepeinigter Mann. Und hat sie dich, mein Freund, statt zu erlösen, nicht obendrein verflucht, dir Hagel und alle Plagen Sodoms angewünscht? Hat sie das wirklich? wunderte sich der neue, kummervolle Johann.

Die alte Kammerfrau berichtete der Herrin vom erfolglosen Versuch und seinen Auswirkungen und erhielt den Auftrag, dem grüblerischen Stallknecht mit einer Gegenmedizin aufzuhelfen. Die Siebzigjährige glaubte, seit alters das Mittel zu kennen, das jeden abgewiesenen Freier sofort auf die Beine stellt. Schlau liess sie ihn wissen, sie habe erst neulich einen Besucher vom Santenberg kommen und bei Anna ein- und wieder ausgehen sehen. Vielleicht sei es gar ein hoher Mann gewesen, so heimlich wie der angerückt sei. In der Nacht habe das Häuschen der Anna geruckelt und gestöhnt, als ginge der Föhn. Und am Morgen habe man oben auf der Burg, aus dem Fenster der Kammer, die sie mit der Köchin teile, frische Fusstritte im taunassen Gras ausmachen können. Sie hätten wieder zurück zu dem Hügel geführt. Als er dies hörte, schrumpfte Johanns letzte Zuversicht, er wurde wieder der alte und fing ernsthaft an dahinzuserbeln.

Hulda, der dies hinterbracht wurde, stampfte auf wie ein enttäuschtes Kind und liess, gewohnt, über Leib und Leben ihrer Leute zu wachen, Anna durch den Verwalter fragen, wie lange sie in der Hütte, die nach wie vor Eigentum der Burg sei, noch bleiben wolle. Sie gedenke, diese einem neu zu vermählenden Paar zu geben.

Johann war ein Hinterländer, sein Vater war ein Hinterländer, Grossvater und Urgrossvater waren Hinterländer gewesen, Mutter, Brüder und Schwestern waren Hinterländer. Eine Hinterländerin auch die tote Teresa. Er gehörte zu ihnen, war ein Stück Zwirn im Netz, das er mit den andern des Dorfes zusammenhalten half und in dem er gleichzeitig gefangen war. Sie sagten: Wir, bei uns drinnen. Ihr, bei euch draussen. Anna, niemandem verwandt, ungebunden, war von draussen gekommen, sagten sie jetzt, und wegen nichts als ihrer hohen Herrschaft aus Dingsda auf der Burg in Gunst geraten. War sie sich deshalb zu fein für den Johann? Zu fein, eine von ihnen, eine von drinnen zu werden? Überhaupt, weswegen war sie hierher gekommen? Was suchte eine wie sie in dem Sumpfland hier? Könnte es gar sein, dass sie sich verstecken musste? Warum war sie von der Gegend am Rhein ausgerissen? Was warf man ihr dort vor, wo sie herkam? Vögtlin hiess sie. Von Bischoffingen war sie, das am Kaiserstuhl liegt. Und wer liebte es nicht, aus Namen Botschaften zu lesen? Die einen verrieten rund heraus, was es zu erfahren gab. Andere musste man umstülpen, in Teile zerlegen, nach Zeichen durchstöbern, um aus ihnen Herkunft und Bedeutung zu lesen.

Die Leute im Hinterland hatten es diesbezüglich immer leicht gehabt. Eine Handvoll Namen reichte aus für ein ganzes Dorf. Bei der Taufe bekamen sie wie einst ihre Eltern die Vornamen ihrer Väter und Mütter, ihrer Paten und Patinnen. Ihre Namen sicherten ihnen einen Platz auf Erden und garantierten das Auferstehen vom Tod. Bei ihren Namen würde Gott sie dereinst zu sich rufen. Um sie jedoch bei Lebzeiten alle auseinanderhalten und dennoch richtig verbinden zu können, hatte man angefangen, Wohnlage, Beruf oder andere Eigenheiten hinzuzufügen. Hans, an dessen Haus der Bach vorbei floss, war der Hans am Bach, Marie, die mit ihrem Mann Häute gerbte, hiess die Gerberin. Hans mit dem aufbrausenden Temperament, dessen Blut seit Generationen so schnell in Wallung kam, als hätte der Teufel ihn gebissen, hiess jetzt Wüterich. Und alle seine Nachkommen desgleichen. Als die verstreuten Siedlungen zu Dörfern, viele Dörfer zu Städten angewachsen waren, die Leute anfingen, hierhin und dorthin zu wandern, trafen sie aber zu ihrem Erstaunen und zu aller Verwirrung auf Dutzende nie gesehener Wirte und Marktfrauen, die ebenfalls auf den Namen Hans am Bach, Marie Gerberin oder Hans Wüterich hörten. Und rief man auf den Tanzböden eine der Schönen beim Namen, fuhren Dutzende von Zöpfen und Hauben herum. Damit die einzelnen Gesichter und die dazugehörenden Namen nicht ständig mit andern, ähnlichen Gesichtern und denselben dazugehörenden Namen verwechselt wurden, änderten die einen oder andern ihre Zunamen, hiessen neuerdings zum Beispiel Zumbach oder Imbach statt Ambach, Ledergerber statt Gerber. Leute mit dem Namen Wüterich wurden angesichts ihres immer noch hochfahrenden Temperaments vielleicht Auf der Mauer, vielleicht Teufelbeiss gerufen.

Dies alles überlegte sich die immer findigere Kammerfrau von Kastelen, als sie während ihrer endlos verschleierten Tage Annas Geschichte und Herkunft aus nichts als dem Namen zusammenschusterte. Und nachdem Anna den Johann, dieses Geschenk der Burgherrin, so harsch zurückgewiesen hatte, schien der Alten die Zeit gekommen, das Ergebnis ihrer Nachforschungen wie Hühnerfutter unter die Leute zu streuen.

Ich will nichts gesagt haben, beteuerte sie, aber mit der kann etwas nicht stimmen. Heisst zum Nachnamen Vögtlin. Wie Vogt.

Nicht wie Vogt. Wie Vogel. War halt Vogelhändlerin. Daher.

Ach, was. Ich sage, das ist die Tochter oder das verstossene Weib eines Vogts.

Warum verstossen?

Denk an Bischoffingen, an Kaiserstuhl.

Was soll schon sein damit?

Weil das Kind ein Bastard ist. Womöglich vom Bischof, wenn nicht vom Kaiser.

Da fiel es den meisten wie Fischhäute von den Augen. Heisst Anna. Wie die Mutter der heiligen Maria. Und ist eine Hure?

Ein Bischof ist auch nur ein Mann, herrgottnochmal!

Aber sie redet auch so … so anders.

Richtig.

Und hochnäsig ist sie. Geht durchs Dorf und grüsst keinen.

Nur wen sie will.

Hält sich für was Besseres, seit der Bischof sie vögelt.

Das ist nicht wahr. Von einem lumpigen Vagabund wird sie gevögelt. Erst neulich ist so einer aus dem Wald gekommen, und sie hat ihm aufgemacht. Aber nach Bischof sah mir der nicht aus. Ein Landstreicher war's, hat mit den Knochen geknirscht und den Zähnen geklappert.

Der Teufel soll mich holen, wenn ich nicht letzten Sommer Seine Eminenz hab vom Santenberg her kommen sehen. War noch bei ihr, als die Sonne schon am Aufgehen war.

Hab seine Spur im nassen Gras noch bis gegen Mittag gesehen.

Die hab ich auch gesehen. Aber heiligmässig wie vom Bischof war die nicht. Auch nicht vom Kaiser. Der eine Fuss war ... ich hab mich schleunig bekreuzigt.

Der Gottseibeiuns.

Das Dorf fing an, hinter Anna her zu spähen, von verdächtigem Benehmen und sonderbaren Gängen der Vögtlin ging die Rede, auch wollten sie jetzt allerhand Unflätiges in der Nähe dieses vermeintlich so frommen Weibsbildes gehört und gerochen haben. Der Müller fand im angeblich frisch gemahlenen Dinkel fingerdikke Maden. Einmal traf Siegberta zufällig vor der Schenke auf die Kammerfrau, sah, wie der Blinden ein Kupferstück aus den vielen Schürzen fiel, hob es auf und brachte es ihr. Doch bevor sie die Alte erreicht hatte, rief diese: Diebin, der Bastard ist auch noch eine Diebin. Anna schlug darauf das Kind und sperrte es in den Schopf zur Geiss.

Das ganze Dorf bastelte und hämmerte in diesen Tagen alle Arten von Riegeln zurecht und schob sie Abend für Abend besorgt vor Türen und Fenster. Nachts band man das Vieh fester an die Pflöcke. Aber es fehlte halt doch dann und wann ein Hammer, und wenn ein Schiebefenster krachte, ein Windstoss die Glut vom Herd spie, sagten die Leute nicht mehr leichthin wie früher, der Hurlipuss sei vorbeigekommen oder der Grünhöseler umgegangen.

Sie waren vielleicht zu lange arglos gewesen, doch dumm waren sie nicht und hatten begriffen, dass jeder Spass einmal ein Ende hat und der Böse leibhaftig auftreten konnte, wann und wo es ihm gefiel. Mit gespaltenem Fuss, als grauslig Geteilter, oben Mensch und unten Bock, der aus den Sümpfen, diesen Eingängen zur Hölle, stieg. Und bald darauf als Schönling mit weisser Feder am Hut zu schwadronieren anfing, ihnen freundschaftlich den Arm um die Schulter legte, sie vom Weg abzubringen versuchte, ihnen als bettelnde Nonne erst fromm, später mit gottlosen Sprüchen kam, als wandernder Fiedler die Mädchen verdarb. Ihnen eines Tages das Bein stellte. Und, waren sie reif, sie pflückte wie Pilze. Nie wusste man, in welcher Gestalt er sich nähern würde. In jeder konnte er stecken, besonders in jenen, die sie zuvor nie gesehen hatten, die nicht immer dazugehört hatten, wie Anna und das Kind.

Währenddessen war Johann vor Kummer krank geworden und nicht mehr zur Arbeit gekommen. Hulda liess, als sich sein Zustand nicht besserte, seine Säfte beschauen. Ein Arzt reiste herbei, befahl ihm zu pinkeln und hielt danach das gefüllte Glas gegen die Sonne. Es stellte sich heraus, dass Johanns Harn dünn und rötlich war. Dies bedeutete, dass er des Blutes zuviel hatte, infolge heftig brennender Galle jedoch vom Wasser, das in seinen Organen floss, zu wenig Feuchtigkeit blieb. Dies wiederum besage, versicherte der Arzt, der viele Jahre an der Fakultät von Salerno studiert und selbst Vorlesungen gehalten hatte, dass der Mann ein Colericus, ein Jähzorniger, sei. Er verarztete ihn tadellos und liess auch ein paar Theriak-Pillen da, kleine Brotteigkügelchen, vermischt mit Vipernfleisch. Hulda, die auf einem ihrer Ausflüge in die Stadt auf diese Arznei gestossen war, schwor darauf und war bei weitem nicht die einzige. Bedenkliche Fälschungen waren schon im Umlauf. Der kluge Medicus liess sich die Pille daher regelmässig von einer staatlich kontrollierten Apotheke aus Venedig schicken, um Gewissheit zu haben. Denn dort, im warmen Italien, waren Vipern schliesslich keine Seltenheit. Auch für ihn stand fest, dieses Medikament war ein probates, wenn auch nicht billiges Mittel.

Dennoch siechte Johann so erbärmlich dahin, dass der Kutscher von der Burg eines Tages die Nerven verlor. Mitten im Dorf erklärte er Anna vom Bock herunter, so dass alle es hören konnten, sie habe den Johann bezaubert. Wenn der Mann nicht mehr aufkomme, werde er, der Kutscher, nichts unversucht lassen, bis sie selbst, Anna, auf dem Holzstoss vor dem Dorf draussen geröstet würde. Anna wurde bleich, fühlte Schwäche in den Knien. Sie sollte schuld sein an Johanns Krankheit? Was bildete der Kutscher sich ein? Wie konnte er glauben, dass jemand wegen des Gallenbrands eines andern auf den Holzstoss steigen müsse.

Sie lachte und sagte schnell: So alt kannst du gar nicht werden, dass du das erlebst.

Der Kutscher ergriff die Zügel und rief Hüa. Tags darauf fiel er vom Bock und brach sich das Genick.

Von dieser Stunde an fürchteten die Leute Anna regelrecht. Die meisten machten grusslos kehrt, wenn sie ihr begegneten, oder wählten einen Umweg. Andere verschwanden in ihren Hütten oder spreizten furchtsam zwei Finger hinter ihr. Vor den Häusern sah man jetzt Besen stehen, die Stiele nach unten gerichtet, um den

Zauber dieser Fremden zu bannen. Anna verstand das Dorf und seine Leute nicht mehr. Was hatte sie getan? Sie hatte etwas gesagt, wusste aber nicht mehr genau was. Hatte sie in ihrer Verblüffung dem Kutscher tatsächlich den Tod angewünscht, wie sie sagten? Aus Angst irgend etwas dahergeredet, gedroht vielleicht? Was sollte sie tun? Auf Kastelen Rat holen? Mit der Ungewissheit zur Beichte gehen? Sich beim Priester erleichtern, Zuspruch holen?

Unterwegs zur Kirche sah sie den schwefligen Himmel. Sah die Frauen mit Kerzen, die Alte mit ihrem Brot hinauseilen. Die Enge im Dorf schien noch enger und das Grelle darin noch greller. Baum und Stein wie mit der Schere voneinander geschnitten, schrille Helle und nirgends ein Schatten.

Durch die Baumkronen fuhr ein Wind, unten regte sich kein Gras. Die Vögel sassen in ihren Verstecken, man hörte nur dann und wann einen verzagten Laut. Die Hunde suchten weitab von den Häusern Schutz. Drehten sich unschlüssig um sich selbst, legten sich dann doch nicht hin, schlichen vielmehr, die Schwänze dicht an die Bäuche gezogen, von neuem davon. Die Katzen strichen mit gesträubtem Fell den Mauern nach.

Anna eilte, um im Beichtstuhl vom furchtbaren Vorwurf befreit zu werden. Während sie dort kniete, lösten die Männer den Glockenstrang und hängten sich zu dritt daran, um Barbara mit dem Turm, Gritli mit dem Wurm, Käthi mit dem Rad und die übrigen Nothelfer herbeizuläuten. Die Fledermäuse flüchteten sich bei diesem Sturmgeläut in den grellen Himmel, und Anna brüllte dem Priester das Unglaubliche, fast Unaussprechliche ins Ohr.

Ein unsichtbarer Inspizient hob indessen seine Arme, mit einem Windstoss riss der Himmel, das ganze Dorf samt Burg, Mensch und Tier wurde mit dem frostigen, atemlosen Staccato der Hagelschläge traktiert, die Äcker und Matten unter dem Geläut zu Morast getrommelt und binnen Minuten alle Keimlinge und die noch zarten Früchte des Frühlings zerfetzt und ertränkt. Das wachsende Rauschen und Prasseln der Hageleier drang trotz des Lärms der Glocken und des knarrenden Gebälks, an dem sie hingen, in den Kirchenraum, so dass die drei Männer, die Hemden über die Köpfe gezogen, hinausrannten, querfeldein ihren Verschlägen und Schuppen zu, um die schlimmsten Ritzen zu stopfen und das Vieh in Sicherheit zu bringen.

2

Es war der Herrgottstag 1447, ein Feiertag. Anfelisa von Aarburg und Hemmann von Reussegg sassen bei Tisch und nagten an einem Täubchen, als ein Bote hereingeführt wurde. Gestern, so berichtete der Junge atemlos, sei im Hinterland, im Gebiet derer von Kastelen, und er wies schnaufend nach Südwesten, das gesegnete Brot aus der Kirche gestohlen worden.

Hemmann von Reussegg war ein unbedeutender, aber gut aussehender Edelmann und Ritter. Er und Anfelisa waren mit den beiden Kindern erst vor wenigen Jahren in die alte, zugige, vom Herbst bis spät ins Frühjahr feuchtende Burg im breiten Surental gezogen. Der verarmte Bruder Anfelisas, einst Probst vom Stift von Beromünster, hatte sie Hemmann geradezu aufgedrängt.

Der Probst war stolzer Abgeordneter seiner Dynastie im Kirchenamt, als eines Tages sein einziger, noch lediger Bruder tödlich verunglückte. Mit Eintreffen dieser Nachricht hatte die Sorge um den aussterbenden Stamm am Probst zu nagen und seiner Frömmigkeit den Boden zu entziehen begonnen. Das Trachten des Fleisches, hatte der Apostel Paulus zwar gesagt, sei Tod, das Trachten des Geistes allein Leben und Friede. Mit diesen Worten hatten sich bisher alle irdischen Gelüste des geistlichen Mannes verachten und bezwingen lassen. Seit dem Verlust des Bruders aber hatte unmerklich die Häutung eingesetzt, waren Gewissheit und Unschuld von diesem Knecht in Gottes Weinberg abgefallen, um Zweifel und Hader Platz zu machen. Und war es zuerst nur ein Gedankenspiel gewesen, so dachte er immer verzweifelter darüber nach, wie er die Bindung ans Zölibatgelübde lösen könnte. Denn nur die neue Blüte eines alten Wurzelstockes konnte in seinem Fall Leben bedeuten. Allein in der Geburt eines Stammhalters und im Heranwachsen seiner Söhne und Enkel würde er Frieden finden. Unter schweren Gewissensnöten suchte er Antwort auf die Frage, wem er mehr zu Gehorsam verpflichtet sei, dem Nazarener oder dem mächtigen aargauischen Geschlecht.

Eines Sommers war der Entschluss da. Allen Hindernissen und Einwänden zum Trotz schrieb er nach Rom, um die Befreiung von seinem Gelübde und die Erlaubnis zu erhalten, die Gräfin Margarita von Werdenberg-Heiligenberg ehelichen zu dürfen. Der Heilige Stuhl gestattete es, und der Edelmann bemühte sich ungestüm um den neuen Spross. Schliesslich gebar ihm Margarita das ersehnte Kind. Es war eine Tochter, und sie blieb ohne Geschwister. Der edle Dynast, überzeugter Bewahrer aristokratischer Gepflogenheiten, stets um den eigenen Prunk und Stand bemüht, beschloss voll Bitterkeit, aller Welt und dem Himmel zum Trotz, dem Mädchen zur gegebenen Zeit eine der grossartigsten Hochzeiten auszurichten.

Sie heiratete und starb mit zwanzig. Danach verschleuderte und verprasste der gebrochene Mann sein ganzes Vermögen, verpfändete Stück für Stück seiner Besitztümer, verscherbelte Hausrat und Fahrhabe. Den entfernten Vettern und Neffen, die nach ihm seine Güter antreten würden, sollte kein Rock, kein Halm übrigbleiben. Und als er endlich Hemmann diese schön gelegene, aber zugige und bereits hochverpfändete Burg im Surental antrug, erstand sie dieser schliesslich auf Bitten und Drohen seiner Frau Anfelisa. Zähneknirschend hatte diese das kopflose Treiben ihres Bruders, des früheren Propstes, während all der Jahre verfolgt. Freudig war sie endlich an den Ort ihrer Kindheit zurückgekehrt.

Hemmanns Herz hatte seit je der Jägerei gehört. Kaum in den Besitz der Stammburg seiner Frau gekommen, hatte er angefangen, die Säle und Hallen mit den verschiedensten weidmännischen Utensilien auszuschmücken. Anfänglich waren es Bärenfallen und Vogelschlingen gewesen, die er in seinen Gelassen häufte, bald konnte er weder Lockente noch Tellereisen widerstehen, fügte Geweihe, Schädel und Zähne vom erlegten Wild hinzu, erstand voller Leidenschaft Wurfgeschosse, Armbrüste und – das neueste auf dem Gebiet – Büchsen und Schiesspulver. Noch war er ein blutiger Anfänger. Doch er sehnte sich danach, seine Kenntnisse laufend zu erweitern. Er war entschlossen, eine Kapazität auf dem Gebiet der Jagd und des Fallenstellens zu werden. Seine Frau, die in der Küche ihr Personal anzuweisen und zu überwachen hatte, war gezwungen, sich in die Kunst des Ausweidens und Einsalzens, des Räucherns, Kochens, Bratens und Verwurstens von Hasen, Wildsäuen, Hirschen und Rehen einzuarbeiten, während Hemmann sich diesbezüglich die köstlichsten Überraschungen versprach.

Statt dem derben Geschäft rund um Hemmanns Beutelust hätte sich Anfelisa, wie die andern Damen ihres Standes, viel lieber ausschliesslich der Teppichstickerei gewidmet und an ihren tausend wollenen und seidenen Gärten gebaut. Als Verkleidung taten sie den grauen Mauern der Gemächer in der Tat gut. Diese bröckelten während der langen Regengüsse und Schneestürme von Jahr zu Jahr ausgiebiger herunter. Aber je länger, je entschiedener hatte Anfelisa die Tapisserien dazu ausersehen, Hemmanns ausufernder Sammlerei, von der bald jede Wand zeugte, Schranken zu setzen.

So lebte das Paar nicht immer ganz einmütig auf seiner schön gelegenen Burg mit Blick ins Tal, in die

Waldungen und fernen Alpen. Doch nun war der Frühling angebrochen, im Burggarten blühten die ersten Rosen, die Buchshecken waren geschnitten, die Kieswege geharkt, der Wein am Abhang gedieh, und auch die Schwalben waren wieder unters Dach und in die Stallungen zurückgekehrt.

Hemmann legte den Löffel aus der Hand und sagte zum schweissnassen, keuchenden Boten: Komm, setz dich und iss. Nachher erzähl meinetwegen.

Anfelisa von Aarburg sagte, während sie Roggenbrei in eine Schale pflasterte, ein halbes Täubchen dazulegte und dem Boten reichte: Wozu die Aufregung, junger Mann? Alle paar Wochen wird uns Derartiges berichtet. Und später erfährt man, dass es die Herren Priester oder Kaplane selber waren, die die Hostien verlegt haben. Unlängst wollt ihr ja auch einen Blutregen gesehen haben, und eine Frau soll einen Löwen, hört ihr's, einen kleinen Löwen soll sie geboren haben.

Sind doch allesamt verrückt, lachte Hemmann, nahm gedankenverloren eine kostbare Büchse von der Wand und strich ihr zärtlich über den Lauf.

Was ihnen nur immer einfällt, fiel Anfelisa ins Gelächter ein.

Das ganze Dorf kniet in der Kirche und hat Angst. Wir wollten die heilige Hostie über Land tragen. Wie jedes Jahr. Wir wollten unsere Äcker segnen, beharrte der Junge. Ein schwerer Hagel hat uns im Handumdrehen arm gemacht. Alles, was wir den Sümpfen abgetrotzt hatten, ist dahin. Das wenige, was wir noch besitzen, ohne Segen, ohne Schutz.

Hab keine Angst, beschwichtigte Hemmann, die Büchse wieder an ihren Platz hängend, eure Gebete werden alles wieder richten.

Sag, warum kommst du damit zu uns? wollte Anfelisa wissen.

Sie ist abgehauen. Auf und fort. Ein paar unserer Leute sind hinter ihr her, fuhr der Junge fort und schlang, nach und nach wieder zu Atem kommend, seinen Brei und einen Bissen vom Vogel hinunter.

Anfelisa fragte: Hinter wem genau seid ihr her?

Eine Frau und ihr Kind, präzisierte der Mann.

Noch bevor der Bote seinen Teller fertig ausgeschabt hatte und zu dem knusprigen Füsschen gekommen war, das er sich als Höhepunkt des Mahls aufgespart hatte, hörte man es erneut gegen das Burgtor schlagen.

Schon wurde entriegelt und barsches Gerede erfüllte den Innenhof. Ein Kind rief verängstigt nach seiner Mutter. Hemmann und Anfelisa waren kaum im Freien, da warfen zwei Männer Anna vor ihre Füsse. Als handle es sich um ein erlegtes Wild. Hemmann hob sie an den Armen hoch, die Hände waren ihr auf den Rücken gebunden, im Gesicht klebte Blut, vermischt mit Schmutz von der Strasse. Ihren Hut hatte sie verloren.

Dunkles Haar drängte unter dem verrutschten, zerrissenen Tuch hervor, Zorn sprang aus ihrem Blick. Siegberta, die einer der Verfolger trotz ihres heftigen Widerstands auf den Arm genommen und hergetragen hatte, rannte zur Mutter, barg sich verstört in deren Kleid.

Von Hemmanns und Anfelisas zwei Kindern war keines mehr zu Hause. Die Tochter Änneli hatten sie vergangenen Sommer verheiratet. Der Sohn verbrachte seine Lehrjahre an fernen Höfen. Von der Gewohnheit, die Kinder schon früh einer Amme zu übergeben, hatten sie beide nie viel gehalten. Sie sahen nicht ein, warum sie die ersten Jahre hätten tun sollen, als gäbe es die Kleinen nicht.

Das Kind, das verschreckt und verweint vor ihnen stand, tat ihnen leid.

Sie ist es, sagte der Bote.

Die Männer, die Anna und das Kind hergeschleppt hatten, gaben zu verstehen, die beiden hätten sich in den Kirchhof zwischen die Grabsteine geflüchtet. Dort hätten sie sie aufgegriffen.

Hemmann fragte: Was soll das bedeuten?

Die Männer sahen sich an.

Habt ihr nicht verstanden? fragte Hemmann.

Sie ist es, stammelten sie, sie ist die gesuchte Weibsperson.

Habt ihr vergessen, fragte Anfelisa, dass eure rohe Gewalt im Kirchhof nichts verloren hat? Wer dort Schutz sucht, und sei er einer der schlimmsten, ist unantastbar. Jetzt hütet euch vor der Rache der Toten.

Sie scharrten verlegen mit den Zehen am Boden und beobachteten dies so angestrengt, als gehörten ihnen die Füsse nicht.

Hemmann fragte Anna, ob sie die Mutter des Kindes sei. Anna bejahte. Er befahl, sie zu befreien. Im offenen Tor standen mittlerweile die Frauen, Männer, Kinder der Umgebung, sogar einige Krüppel hatten sich den Fängern und ihren Gefangenen angeschlossen, waren den Weg vom Dorf bis zur Burg hinaufgehumpelt und drängten sich zwischen die Zuschauer. Statt sich mit Gerüchten abspeisen zu lassen, waren sie alle begierig, an Ort und Stelle einem verängstigten Menschen ins Gesicht zu schauen, zu schnuppern, wie dessen Angst roch, zu fühlen, wie dessen Zittern und Stammeln sie bis ins Mark erschütterte. Sie selber waren ständig so vielen Gewalten ausgeliefert. Jede Stunde konnte die ihres eigenen Sterbens sein. Aber ihre kurzen bitteren Leben wollten sie gelebt und gekostet haben. Wann immer sich eine Gelegenheit bot, und bis zur Neige. Wenn ihnen die lichten Seiten des Lebens schon beinahe unbekannt waren, warum sollten sie sich nicht an den Schrecknissen der Welt berauschen, sofern es sich gefahrlos einrichten liess? Sie standen barfuss da, einander auf die Schultern kletternd, die Alten, die sich in Schubkarren hatten heraufbringen lassen, den vordersten zwischen die Waden zwängend, Kohlköpfe in den Armen, Leitern auf den Schultern, Spaten, gebundene, eben erstandene Hühner in den Händen, Körbe voll Brennholz auf den Köpfen oder am Rücken, mit gereckten Hälsen, die meisten zahnlos, die Münder offen, ein paar Kinder äugten unter den Röcken hervor.

Auch das Gesinde der Burg stand auf den Treppen und drängte sich in den Fenstern, um zu sehen, was vorfiel. Hemmann rief zwei der Mägde und befahl: Bringt sie hinauf unters Dach. Und gebt ihnen Wasser, frische Kleider und einen sauberen, wohlgefüllten Sack zum Schlafen. Beeilt euch! Und, Anfelisa, nicht wahr, du gehst mit.

Zu den Leuten am Tor sagte er: Fürchtet euch nicht, geht nach Hause und beruhigt euch. Dann befahl er zu schliessen. Die Hunde wurden freigelassen und trotteten schläfrig auf die sich zerstreuende Menge zu. Die Wachen verriegelten das Tor, legten anschliessend die Eisenstangen, mit denen sie die Dorfleute zurückgedrängt hatten, quer über beide Flügel und sicherten sie zu guter Letzt mit Ketten. Anderntags fanden sie einen schwarzen, fremdartigen Hut auf einem Stein vor dem Tor.

Als Anna nach ihrer entsetzlichen und tränenreichen Beichte aus der Kirche getaumelt war, hatte sich die Luft im Freien bereits merklich abgekühlt, die Temperatur war um mehrere Grad gesunken. Sie hatte plötzlich gefröstelt. Der Kirchenvorplatz war übersät gewesen mit den Überresten des kurzen Frühlings. Einen ganzen Psalter, zwölf Vaterunser, drei Glauben lang hatte das Hagelwetter gedauert. Während sie nach der Beichte vor dem blutüberströmten Gekreuzigten gekniet war, hatte draussen der unsichtbare Inspizient Himmel und Erde in Fetzen reissen lassen. Je heftiger es aber gegen Mauern und Fenster gewütet, je mehr sich das eindringende Tageslicht verfinstert hatte, desto vollkommener war die Ruhe im Innern geworden. Ein so unantastbares, weihevolles Schweigen war im Kirchenraum eingekehrt, wie es nur an Orten anzutreffen ist, wo Oben und Unten, Jenseits und Diesseits im Einklang sind. Über allem lag der Geruch des mächtigen Weihrauchs, dieses Geschenks der Könige. Nachdem Anna ihre Bussgebete verrichtet hatte, fand sie ihren Frieden wieder. Einzig ein verwirrter Spatz störte die weihevolle Stimmung von Zeit zu Zeit, stob aus den Kleidfalten eines der hölzernen Märtyrer, die auf halbem Weg zum Himmel waren, und warf sich gegen die Fenster. Dabei flackerte jeweils sacht das Öllicht über dem Altar, so dass es dann und wann schien, ein Lächeln husche über das Gesicht im leidvollen Bildnis. Vögel, die sich in die Häuser verirren und den Ausgang nicht finden, künden nichts Gutes, dachte Anna. Nur fort von hier.

Draussen fiel ihr Blick auf die Bäume des Dorfes, auf ihre lächerlichen, zerfressenen Kronen. Sie zog das Schultertuch enger, den Hut tief in die Stirn und watete über die unter Unrat und Eiskörnern liegenden Wege. Wohin sie trat, zerschnitten ihr Scherben zerschlagener Töpfe die Füsse. Die Leute zerrten an heruntergerissenen Dächern, starrten stumm in überschwemmte Katen und stierten Anna wortlos nach. Oder sie standen bei ihren umgeworfenen Karren, die wie Tierskelette im Morast staken, und liessen die schweren Hände hängen. Die Gegend war rauh geworden.

Vor dem Tor zu ihrem Vorhof zunächst zögernd, trat sie ein mit der Entschiedenheit jener, die dem Leben nichts nachtragen. Siegberta fegte eben das Wasser aus der niederen Hütte und eilte beim Anblick der Mutter über den eisigen, glitschigen Boden, stiess gegen die verdreckte Lumpenpuppe, riss sie, so sehr sie auch troff, an sich und rannte weiter. Anna fing das Kind auf, das an ihr hochsprang, um die Mutter mit Armen und Beinen zu umklammern. Mein Täubchen, mein Butterblümchen, sagte Anna zärtlich. Die Welt war nicht untergegangen, die Mutter nicht im himmlischen Jerusalem.

Nie war unter den Dorfleuten bisher die Frage aufgekommen, wer ausser ihnen die Schuld trug an Unwettern wie diesem. Die Vorfahren hatten auf den Alpen noch Wein gezogen und Obst geerntet, heute häufte sich der Schnee schon im August auf Alpenlilien und Traubenstöcken. Das Klima war von Jahr zu Jahr frostiger geworden. Die Gletscher eroberten Schritt für Schritt die Fluhen, zermalmten die Alphütten, stiessen über die einstigen Rebhalden hinab, trieben die kleinwüchsigen, kurznackigen Bergleute samt den ausgehungerten Bergdohlen immer weiter dem Talboden zu. Die Witterungen schwankten zwischen Extremen. Die Bäche und Seen, auch das Moor waren zurückgegangen. Aber unverhofft traten sie über die Ufer, schwemmten Steine und Schlamm in die Äcker, rissen Mensch und Tier, Hütte und Steg davon. Die Leute waren erfüllt vom furchtbaren Glauben, dass alle Katastrophen Strafen des Himmels für ihre Vergehen waren. Tagtäglich dachten sie Unkeusches, fluchten und zankten, tagtäglich sprang der schwarze Hund namens Neid sie an. Und an Kirmes und Zinstagen würden sie eher zur Hölle fahren wollen, als das Saufen und Huren zu lassen.

Mit Ausnahme der Kriege, denen Hunger und Armut auf dem Fuss folgten und die allein der Willkür und dem Ehrgeiz der Herrscher entsprangen, waren alle Übel dieser Welt, die Krankheiten und das Wetter, Züchtigungen des Schöpfers. Während der Teufel in seinen Flammenschächten das Feuer schürte und das Eis seiner höllischen Seen vor Kälte krachte, schickte Gott in seiner Güte die unmenschlichsten Strafen, um die Seelen seiner Kinder noch zu Lebzeiten zu läutern und zu retten.

Dieser Gott und besonders sein fernes Reich waren das einzig Verlässliche auf dieser Weltenscheibe. Kaiser und Könige, Fürsten und Vögte kamen und gingen. Ihre Reiche dehnten sich heute bis Sizilien, morgen bis Siebenbürgen aus, aber schon nächste Woche konnte alles wieder verloren sein. Leib und Leben dieser Hinterländer waren einmal den ebenso hässlichen wie habsüchtigen Habsburger Kriegerfamilien untertan, einmal den friedliebenden, in Kunst und Luxus schwelgenden Söhnen der Luxemburger. Erstere stahlen ihnen ihre Rechte und Freiheiten, schändeten ihre Frauen und raubten ihre Söhne, letztere überhäuften sie von neuem mit Gnade und Gunst und all den gestohlenen Rechten.

Die ewige Wiederkehr von Zerstörung und Tod begann die Hinterländer zu verbittern. Sie wollten nicht das Paradies auf Erden, nicht ewige Jugend, nicht einmal Reichtum. Nur in Frieden leben wollten sie, arbeiten und ernten, sich satt essen. Warum züchtigte ihr Schöpfer sie so? Sie hatten ihn oft beleidigt, ja. Aber hatten sie nicht auch gearbeitet, gebetet, ihre Toten betrauert und zurück in die Erde gegeben? Hatten sie nicht nach Vorschrift gefastet? Hatten sie nicht der Völlerei möglichst entsagt? Nun ja, die war in ihrer Gegend eine leicht zu umgehende Sünde. Doch hatten sie andern, schwierigeren Versuchungen, sei's auf der Kirmes oder an Zinstagen, nach Kräften zu widerstehen versucht. Und waren sie nicht mit reuigen Herzen zur Beichte getrottet, hatten die Absolution erwirkt, die Kommunion geschluckt, auf beschwerlichen Pilgerreisen Ablässe erworben?

Gott war schwierig geworden. Warum machte er immer seltener ein Wunder? Die meisten bekamen zeitlebens keines zu sehen. Er hatte sich von seinen Kindern so gut wie verabschiedet. Und selbst seine Stellvertreter, die Vorbilder der Gläubigen, trachteten nicht mehr einzig und allein nach der Seligkeit im Jenseits.

Mehr und mehr Hinterländer wurden es überdrüssig, dem fernen Schöpfer zuliebe ständig die Lockungen dieser Welt in Demut zu verachten. Warum sollten sie erst nach dem Jüngsten Tag ein gutes Leben haben? Sie wünschten sich ein Recht auf das Hier und Jetzt, auf

Besitz, auf Gesundheit, auf Liebe und Macht. Himmel und Erde gingen darauf so wenig ein wie die Herrscher dieser Welt. Sie alle taten weiterhin, was ihnen gefiel, und fuhren fort, die Leute mittels uralter Plagen zu verhöhnen.

Und die Kirche? Sie dachte nicht daran, sich als Vermittlerin und Trösterin einzuschalten. Sie hatte es sich angewöhnt, auf die Menschen hinabzuschauen, sie zu belehren, zu demütigen, zu verängstigen. Sie vergass ob all ihrem Gepränge und Gezänk die Nöte ihrer ärmsten Kinder und stellte sich ganz auf die Seite ihres so kränkbaren Gottes und seiner launischen Schöpfung. Sie war jene Mutter geworden, die ihre ganze Liebe und Schönheit dem Vater aufspart, ihren Kindern jedoch nichts als einen Teller kalter Suppe in die Küche stellt.

Und ihre Söhne und Töchter, die einzige Hoffnung, die diese Landleute und Leibeigenen auf Erden hatten? Blieben sie im Dorf, bei der Scholle, im Moor? Taten sie ihre Arbeit im Schweiss ihres Angesichts, wie es ihnen verheissen war? Nein, dem Geld jagten sie nach, dem Fusel und den Fotzen die Burschen, den feinen Junkern die Jungfern. Waren in die Städte gegangen. Wollten Zünfte gründen, Herrschaften sein. Und endeten als verhudelte Hintersässen in den Siechenhäusern der Vorstädte.

Nach und nach begriffen die Leute des Hinterlands, dass sie ihr Schicksal in die eigene Hand nehmen mussten, wollten sie an Gott nicht verzweifeln.

Sie spürten den heftigen Wunsch, nicht mehr stumpfsinnig wie das Vieh jede Heimsuchung hinzunehmen, nur weil der Weltenrichter wieder beleidigt war. Doch es lag nicht in ihrer Macht, an dessen Ratschluss zu rütteln. Um so tüchtiger zahlten sie es denen heim, die imstande waren, statt Gottes mildes Auge den Schwefelatem seines Widersachers aufs Hinterland zu lenken. Und zu denen zählten sie Anna.

Wem es zuerst eingefallen war, konnte später niemand mehr sagen. Anna, dieses dahergelaufene Weib, das die Herrin am Fuss von Kastelen wohnen lasse, das der Johann geweibt habe und von dem er darauf unter Flüchen davongejagt worden sei, habe diesen bösen Hagel verschuldet, hiess es auf einmal im Dorf. Und habe auch den Kutscher auf dem Gewissen. Waren welche anderer Meinung, so schwiegen sie. Um des Dorffriedens und ihrer eigenen Ruhe willen. Ausserdem, dachten sie, werde der Herr, falls Anna unschuldig war, sie vielleicht sinken, doch niemals ertrinken lassen.

Schon stampfte der erste durch die plötzlich hereingebrochene Kälte hinter Anna her, die über unkenntliche Wege ihrer Behausung zu eilte, es folgte ihm ein zweiter, ein dritter, und bald schlugen sie, von den

Nachfolgenden stumm beobachtet, mit Äxten und Zaunlatten bei Anna das Tor ein, rückten gegen die beiden eng Umschlungenen vor, schubsten Anna herum, bis sie schliesslich in den Dreck fiel. Du hast uns diesen Hagel gebraut. Bringst nur Unglück, nur Verderben. Zum Teufel mit dir, stiessen sie aus.

Hätte nicht die Frau von Kastelen unmittelbar nach dem Hagelwetter satteln lassen, um in Begleitung ihres Verwalters zum Dorf hinunterzureiten und die entstandenen Schäden in Augenschein zu nehmen, wäre Anna unter den gleichgültigen Blicken der Leute aus dem Dorf geschleift worden. Nachdem der Verwalter die Menge fortgeschickt hatte, stieg die Frau vom Pferd, sah sich hilflos um und riet Anna, diesen Ort so schnell wie möglich zu verlassen. Sie solle ins Nachbartal gehen und dort auf ihren Onkel, den Grafen, warten. Sie, Hulda, werde diesem, sobald er vom Konzil zurückkomme, die Sache erklären. Anna hatte darauf ihre Habe in ein Tuch gepackt, das Bündel über die Schulter geworfen, den Hut aufgesetzt, das Kind, das lautlos in den nassen Bauch seiner Puppe heulte, an der Hand genommen und noch am selben Abend das Dorf verlassen.

Hemmann, der Jäger und Sammler, war unverhofft und unfreiwillig um ein Beutestück reicher geworden. Doch in diesem Fall bereitete es ihm Appetitlosigkeit und eine lange Kette schlafloser Nächte. Mit dem Kauf der Burg war ihm die Schutzherrschaft und die Gerichtsbarkeit über die Menschen zugefallen, die seine Güter bebauten und ihm als Zehnten Hafer und Gerste, neues Stroh, gezüchtete Tauben, frisch geschlagene und entrindete Rebstecken, Eier und vieles mehr ablieferten. Er hatte kaum Erfahrung in richterlichen Belangen. Er wusste einzig, dass er diese Frau den Männern, die sie so roh vor ihn hingeworfen hatten, keinesfalls wieder ausliefern würde.

Er nahm sich zum zweitenmal die beiden Häscher vor und rief den Boten, der während der Szene im Hof kauend am Tisch sitzen geblieben war, um sich zunächst mal richtig satt zu essen. Doch brachten Hemmann und Anfelisa nicht mehr und nicht weniger aus ihnen heraus, als dass Anna die gesuchte Räuberin sei.

Ob es Beweise gebe.

Alle sagen es, versicherten sie.

Hemmann liess Frau von Kastelen über die Gefangennahme verständigen und erbat Rat zum weiteren Vorgehen.

Er stieg noch am selben Nachmittag zu Anna auf den Dachboden und traf die Gefangene in einer Ecke neben dem schlafenden Kind. Reglos kauerte sie auf dem Laubsack und hielt ihr Bündel umklammert. Eine Sonnenbahn teilte den weiten Raum, als spürte der Himmel in plötzlicher Reue den beiden Flüchtlingen doch noch nach. Hemmann befahl Anna, das Bündel zu öffnen und vor ihm auszubreiten, fand aber nichts Auffälliges unter ihren Sachen ausser einem feinen, mit Goldfäden durchwirkten und reich bestickten Tuch.

Anna raffte alles wieder zusammen und fragte, ob sie jetzt gehen könne.

Wohin, fragte Hemmann.

Das wisse sie nicht, sagte Anna. Am Ende wohl zurück ins Rheinland.

Man beschuldige sie, begann er, dort, wo sie herkomme, Hagel gemacht zu haben.

Ich weiss, sie haben uns darum verprügelt und beinah ums Leben gebracht. Aber womit soll ich Hagel gemacht haben?

Sie behaupten auch, du hättest gestohlen.

Das sagten sie mir, als sie uns gefangennahmen. Hoher Herr, so eine bin ich nicht, glaubt mir.

Verprügelt, nach dem Leben getrachtet? fragte Hemmann, davon hatte der Bote nichts erwähnt. Anna erzählte, dass sie den hageren Johann nicht habe zum Mann nehmen wollen. Und dass bald danach der Kutscher verunglückt sei. Bis zu jenem Tag sei alles gut gegangen. Aber nachdem sie den Verunglückten mit verdrehtem Kopf gefunden hätten, wie wenn er seiner Seele noch etwas hätte nachrufen wollen, und er derart entstellt ins Dorf getragen worden sei, hätten die Leute angefangen, sich vor ihr zu fürchten. Und nach dem Hagel hätten sie sie beide überfallen und beinah tot gemacht, sogar das Kind hätten sie nicht geschont.

Hemmann versicherte ihr, sie habe diese rohe Behandlung nicht verdient, daher sei es für sie das beste, hier unter seinem und Anfelisas Schutz zu bleiben. Die Männer und Frauen jenes Dorfes im Hinterland seien zwar derb und abergläubisch, doch ungefährlich. Und hätten sie vom Leben nicht selber schon so viele Hiebe gekriegt, hätten sie ihretwegen nicht einmal die Augenlider gehoben. Item, sie habe unter seinem Dach für sich und das Kind nichts zu fürchten. Dafür wolle er persönlich sorgen. Er würde sie nicht ziehen lassen, ehe die Leute sich beruhigt und das Gerücht vergessen hätten.

Anderntags ereignete sich am Fuss von Kastelen zum erstenmal in der Dorfgeschichte ein richtiges Wunder. Es war einer jener feinen blauen Tage, wie sie so klar und leicht nur um diese Jahreszeit auftreten. Verschwenderisch leuchtete er über den zerfetzten Bäumen und verschlammten Feldern. Die Menschen reparierten ihre Hütten, emsiges Sägen und Hämmern erfüllte die Frühlingsluft.

Die kleine Margret Meister durfte an diesem Morgen ganz allein die paar Schweine zur Weide führen, die es im Dorf gab. Darauf war sie schon lange aus gewesen. Aber nie hatte irgendwer geglaubt, dass sie fähig und längst gross genug dazu sei. Die Wintersaat war unter Dach, die abgeernteten, jetzt verwüsteten Felder hatten brach gelegen, und es wäre am Vieh gewesen, sie ungehindert zu beweiden, zu bepinkeln und zu düngen, damit der Boden zum nächsten Aussäen parat und voller Leben sei. Daneben hatte die Sommerfrucht gelegen, bis vorgestern noch zart und süss am Spriessen, heute zerdroschen und verschlammt, so dass bereits die Sumpfvögel sich dort gütlich taten. Auch für die Schweine war sie gerade noch recht, und es war plötzlich jedermann egal, wer wann und wo mit der Herde darüber zog.

Margret, dank dem allgemeinen Jammer, der mit dem Hagel übers Dorf hereingebrochen war, ganz unverhofft zur neuen Ehre einer selbständigen Saumagd gekommen, befand sich noch in Sichtweite vom Flechtzaun, der rund ums Dorf lief, als die grunzende kleine Rotte anfing, mit überraschender Leichtigkeit immer eiliger über den Weg davonzustürmen. Dabei verspritzte sie links und rechts Schlamm und Schlick, bis sie schliesslich, die hilflosen Ferkel beinah in den Boden trampelnd, in ein Dickicht von Nesseln und Dornen einbrach. Die Schweinehirtin fing erschrocken an, auf die Tiere einzuschlagen. Doch diese, einander zur Seite stossend, drängten unbeeindruckt weiter und fuhren fort, haltlos zu kreischen. Sie mussten eine Delikatesse gerochen haben. Margret fuhr verdrossen fort, auf sie einzudreschen. Dreimal schienen sie gehorchen zu wollen, dreimal jedoch rannten sie dem Dickicht von Dornen und Nesseln wieder zu. Margret lief, ihre Mutter zu holen, und kam bald mit dieser zurück. Die Tiere waren inzwischen alle verstummt, hatten ihre Rüssel ins Gestrüpp gesteckt und machten sich mit Genuss über ein Kraut her, das dort wuchs. Als die Frau sah, dass weiter nichts Schlimmes passiert war, die Tiere weder einen Schaden angerichtet noch erlitten hatten, drosch sie nun ihrerseits mit dem Stecken auf die Viecher ein, und es gelang ihr, sie zurück auf den Weg zu jagen. Margret kniete sich sogleich ins Gebüsch, um herauszufinden, was die Schweine so erregt haben mochte. Sie sah weisse, von den Tieren wüst zerfledderte Blüten der Saubohne, eines wunderschönen Gewächses. Die Trauben von Blüten, die es gemeinhin trug, waren weggefressen, einige lagen abgerissen herum.

Als die Mutter, die noch keine dreissig war, die Überreste vom Kraut in der Hand Margrets sah, hellten sich ihre Züge augenblicklich auf, sie wurde jung, wurde schön, warf die Hände an die Wangen, klatschte, lachte, hüpfte sogar ein bisschen.

Diese Schweine, rief sie, machen uns reich! Sie riss dem Mädchen die Pflanze aus der Hand und begann so froh über den Weg zu tanzen, wie seit der letzten Dorfhochzeit nicht mehr. Sie hielt das neben Alraun gesuchteste Hausmittel gegen unerwünschte Leibesfrüchte oder verstopftes Geblüt in den Fingern. Auch zum Narkotisieren war es vorzüglich zu gebrauchen, nur liess es sich leider immer seltener finden. Sie bettete den Schatz in ihre Schürze und eilte, den ersten besten vom Fund zu unterrichten. Dabei lief sie Pantaleon Rösch, dem Dorfgeistlichen, über den Weg.

Der junge Seelsorger war zu seinem eigenen Kummer bei den täglichen Verrichtungen stets ein bisschen zerstreut. Denn er verfügte über einen regen Geist und verfolgte hellwach das politische und religiöse Geschehen. Und diese Neugier, angestachelt von der Frage, ob und wieweit bedeutende Erscheinungen über ihre Zeit hinaus miteinander in Beziehung stünden, weckte in ihm die unsterbliche Hoffnung, aus diesem Sumpfnest eines Tages wieder abberufen und an einen Ort versetzt zu werden, der am Strom der Geschichte lag.

Eben hatte man erfahren, dass das Konzil Eugen den Vierten abgesetzt und einen neuen Papst gewählt habe, was die Einheit der Christen im höchsten Mass gefährdete. Die kühn geplante Reform war kleingeredet, die Vision, die diese Synode inspiriert hatte, preisgegeben. In dieser Zeit traten selbsternannte Heilsbringer auf und bezichtigten die Kurie der Selbstsucht und der

Hurerei. Wie Rom einst Gallien unterworfen habe, wolle es heute die Kirche verschlingen, warnten sie. Sie verkündeten den Leuten das Evangelium und beteuerten, Jesus sei nicht nur ein ferner Gott, er sei auch Mensch wie sie.

Die Vertreter des niederen Klerus, Pantaleon nicht ausgenommen, waren vor diesen Predigern der Umkehr gewarnt worden. Als Exempel und zum Gaudium der Menge hatte die Kirche schon unzählige von ihnen als Ketzer und Verbündete Satans auf Räder flechten lassen. Ordnung musste her in der Christenheit. Und diese Ordnung verlangte, zwischen Aberglauben und dem heiligen Glauben ohne Wenn und Aber zu unterscheiden. Der Teufel streckte ganz offensichtlich seine Klauen nach dem Abendland aus. Da hiess es, auf der Hut zu sein. Nicht jedes Wunder durfte noch als Wunder gelten. Nicht jedes bewährte Kraut noch als Arznei. Die Geistlichkeit war zu Wachsamkeit und Strenge aufgerufen.

Pantaleon Rösch gehorchte, war wachsam und streng. Und schon hatte er einen ersten Fall von Aberglauben vor sich. Er erkannte das Kraut, das Margrets Mutter ihm zeigte, als das berüchtigte Hyoscyamus albus, zu deutsch Bilsenkraut, im Volksmund Saubohne, unter den Weibern als Gebärbohne bekannt und begehrt. Dieses geheimnisvoll schöne, mondweisse Gewächs war dank seiner abtreibenden Wirkung von Evas Töchtern schon nahezu ausgerottet worden. Daher verwunderte es Pantaleon keineswegs, dass gerade die Säue, diese Muttertiere, sich so bedingungslos darauf gestürzt und es beinah mit Stumpf und Stiel verschlungen hatten. Dioskurides, der Grieche, hatte es in seinem Kräuterbuch Arznei genannt, sofern man den gelehrten Schwarten im Studierzimmer des Pfarrhofs glauben durfte. Nach neusten Verlautbarungen galt es als heidnische Rauschdroge, die dieses irdische Tal des Leidens und Verleidens wie nichts in einen Garten Eden verzaubern konnte. Sie machte die Leute faul und gewissenlos.

Bemerkenswert am Bilsenkraut war aber hauptsächlich, dass sich in seinem Namen und folglich auch im Kraut selbst der Heidengott Bilwiss oder Beelzebub versteckt hielt. Dieser hatte in der Reihe der Höllenfürsten seinen Sitz gleich neben Luzifer. Nachts, so glaubten die Bauern, ging er ins Korn und legte es um. Daher weihten sie ihm ihre Frucht und ehrten ihn im Bilsenkraut. Nach den mühevollen Tagen des Pflügens und Säens hatte Rösch sie in der Tat schon öfter beim Einnachten ins Freie schleichen gesehen. Hatte beobachtet, wie sie an Wegkreuzungen und Feldrändern irgendwelche Kleinigkeiten niederlegten. Nun, hatte der Geistliche sich gesagt, dieses Natterngezücht weiss nicht, was es tut. Ausserdem verlangt der Götze nicht viel. Eine Handvoll Körner, vor der Aussaat hinausgebracht, und diese Tröpfe glauben, dass er sie dafür mit reichen Erträgen belohnt. Anderntags beten sie mit derselben Hingabe ihren wahren Erlöser an. Jetzt aber, da ihm die Augen geöffnet worden waren, sah Pantaleon das anders.

Ihr Kinder der Nacht, dachte der aufgeweckte und belesene Leutpriester beim Anblick des betörenden Nachtschattengewächses, das die Frau Meister ihm so strahlend entgegenstreckte, heute ist die Stunde gekommen, eurem Aberglauben den Riegel zu schieben.

Mit dem Vorsatz, das Kraut des Verderbens auszurotten, liess sich der Geistliche unverzüglich zur Wyssmatt, der Fundstelle, führen. Würdevoll und bedächtig schritt er hinter der Frau her. Unterwegs kam ihm jedoch eine ganz andere Sache in den Sinn, derentwegen ihn gewisse Selbstvorwürfe von neuem zu plagen anfingen.

Nämlich jene geweihte Hostie, die er gestern morgen vor der Messe nicht hatte finden können. Gestern war nicht irgendein Tag gewesen. Gestern war der Herrgottstag gewesen, an dem er das verwandelte Brot über die Felder hätte tragen sollen, während die Gläubigen sangen, beteten, mehrmals vor ihm zu Boden fielen, es verehrten, seinem Schutz die Fluren und die Saat, das wenige, was sie besassen, anvertrauend. Das Ritual musste an einem ganz bestimmten Datum stattfinden, und zwar an einem Donnerstag, zum Gedenken an das letzte Abendmahl. Rösch hatte nicht gewusst, wie er den Leuten erklären sollte, dass statt des ungesäuerten Brotes, das sie auf ihren Feldern herangezogen hatten, nur noch ein, zwei Krümel und ein Vogelfederchen im Schrein gelegen hatten. Als ob der Hagel nicht Unglück genug gewesen sei, lamentierte er von der Kanzel herab, könne die Prozession ohne den verwandelten und gesegneten Leib des Erlösers nicht durchgeführt werden. Die Erde müsse ungeweiht, die Frucht ungeschützt bleiben. Insgeheim fragte er sich, ob er die Hostie vor dem Einschliessen im Schrein irgendwo verlegt hatte. Oder ob er vielleicht abgelenkt, von jemandem gerufen worden war und in der Eile vergessen hatte, das Sakramentskästlein zu verriegeln.

Wer sich fortbewegen konnte, war in der Kirche gewesen und hatte die schlimme Nachricht vernommen. Herr, gib uns unser tägliches Brot, vergib uns unsere Schuld, hatten sie voller Bitterkeit gebetet und diese Prüfung hingenommen. Erst später fiel ihnen auf, dass zwei der Dorfbewohner fehlten: Anna und ihr Kind. Und als sich dies herumgesprochen hatte, die beiden auch nicht in der Hütte oder sonstwo gefunden wurden, waren Eilboten und mehrere Suchtrupps auf den Weg geschickt worden.

Als Pantaleon in der Wyssmatt ankam, sah er aus all dem Schmutz, den die vergnügt grunzende Rotte am Wegrand zurückgelassen hatte, ein paar der reinsten Blütenblättchen weiss und unversehrt aufleuchten. Da erkannte der Seelsorger, dass sich dank der Säue unverhofft eine Gelegenheit ergab, seinen und des Schöpfers Ruf im Dorf wieder herzustellen. Statt das Kraut und mit ihm den Bilwiss zu vernichten, wie es ursprünglich seine Absicht gewesen war, fiel Pantaleon, von einem Schauer der Frömmigkeit überwältigt, in die Knie. Er bekreuzigte sich mit Inbrunst und Dankbarkeit und gelobte dem Herrn, sich in puncto Zerstreutheit zu bessern.

Darauf küsste er die spärlichen liegengebliebenen Blütenfetzchen der Gebärbohne und faltete zur Verblüffung der Schweinehirtin und ihrer Mutter die Hände vor der Pflanze des Bilwiss.

Pantaleon schien, der Allwissende in seiner Güte habe ihm das Kraut gerade in dem Augenblick gesandt, da es für ihn hätte brenzlig werden können. Denn was wäre geschehen, wäre seine unverzeihliche Zerstreutheit, die die Streichung eines hohen Kirchenfestes zur Folge gehabt hatte, den hochwürdigen Vorgesetzten zu Ohren gekommen?

Zu der verwunderten Frau Meisterin und ihrer Tochter sagte er darauf mit Rührung in der Stimme, es habe ein Wunder stattgefunden, wer Augen habe, der sehe. Das Pflänzlein, diese vermeintliche Saubohne oder Gebärbohne, sei nichts anderes als die gestohlene Hostie. Wer immer sie genommen habe, müsse es schon bald schwer bereut und das Corpus delicti kurzerhand hier ins Gebüsch geworfen haben.

Darauf sei es in eine Rose verwandelt worden. Ob sie nicht sähen, dass die Blüte trotz Schmutz und Schande umstrahlt sei von einem überirdischen Glanz. Die braven Säue hätten das Wunder als erste erkannt und sich vor der Engel und der Menschen Speise in Demut verneigt. Wahrlich, die Tiere seien vor der heiligen Hostie, die vorgestern heimlich aus seiner Kirche gestohlen, weggeworfen und nunmalen in eine Rose verwandelt worden sei, in die Knie gegangen und in Anbetung verharrt. Nun wolle man Gott den Herrn aber nicht länger in solch unwürdiger Umgebung am Wegrand liegen lassen.

Die Frau hatte seinen hastigen Worten aufmerksam gelauscht. Und als er ihr befahl, sich von diesem Ort der Offenbarung nicht zu rühren, er werde eiligst das Dorf zusammenrufen, um den Leib des Herrn in aller Würde und unter Begleitung der ganzen Gläubigenschar wieder heimzuführen, blieb sie verdutzt stehen, bis der wehende Rock des Gottesmanns hinter den Häusern verschwunden war.

Hatte sie sich verhört? Ach, dachte sie, diese gelehrten Herren, und kroch in aller Heimlichkeit noch einmal ins Gebüsch, um nachzusehen, was die Säue von der begehrenswerten Pflanze übriggelassen hatten. Nach dem Verhageln der Ernte war mit bösen Engpässen und Preiserhöhungen zu rechnen. Da konnten ihr die paar Groschen, die sie mit dem Kraut zu lösen hoffte, nur höchst willkommen sein.

Doch es blieb ihr nicht viel Zeit. Schon hörte sie die dünne Stimme des Glöckleins, mit dem die Leute zusammengerufen wurden, schon sah sie sie aus ihren Hütten, vom Moor und den Schlammfeldern kommen und zur Wyssmatt laufen. Der Priester hatte ein festliches Gewand übergeworfen und erschien mit der Monstranz, mit Kreuzen und Fahne, um den Fund abzuholen. Sogar der alte Dorfgeiger hatte seine Festhudeln übers Alltagsgewand gezerrt, humpelte herbei und fiedelte von seiner Geige herunter, was der krumme Bogen hergab.

Am Fundort eingetroffen, nahm der Priester jeden einzelnen Blütenteil zwischen die zuvor gereinigten Zeigefinger- und Daumenspitzen und legte sie sorgsam wie Diamantsplitter auf die mitgebrachte Patene. Als er nach dem siebten und letzten Fetzchen langen wollte, versank dieses aber, ohne dass er hätte eingreifen können, vor seinen Augen im aufgewühlten Boden, wo es auf geheimnisvolle Weise verschwunden blieb. Darin las der Seelenhirte ein weiteres wunderbares Zeichen, den göttlichen Befehl, an Ort und Stelle eine Kapelle zu bauen. Ununterbrochen Gebete murmelnd, bettete er darauf die sechs heiligen Fragmente in seine Monstranz und trug sie, von lauten Gesängen und Gebeten begleitet, triumphierend und glücklich ins Dorf.

Da jetzt das Heiligste Altarssakrament, mit Ausnahme des siebten, verschwundenen Teils, aufgefunden worden war, beschloss der Pfarrer, die Prozession, die sang- und klanglos hatte ausfallen müssen, unverzüglich nachzuholen. Er bog an der Spitze des spontan zustandegekommenen Zuges kurz vor Erreichen des Dorfzaunes ab und trug, wie von oben angeordnet, die Monstranz dicht an den Grenzen des Sprengels über die aufgeweichten Wege entlang der Felder und des Moors, während hinter ihm das ganze Dorf, vom Kind bis zur gichtigen Greisin, mit Gesängen und Litaneien und unter den Schluchzern der Geige den Herrn im Himmel um Fruchtbarkeit der Äcker und Bäume, um Schutz vor weiteren Unwettern, vor Pilzbefall und Käferfrass sowie vor Seuchen und allem Bösen anflehte. Sie sangen und brummelten so laut und kräftig es nur ging.

Gegen Ende der Feierlichkeiten trafen der erste der abgesandten Boten und die Häscher aus dem Surental wieder ein. Sie berichteten, Anna und das Kind bereits gestern im Nachbartal aufgegriffen und dem Herrn von Reussegg übergeben zu haben. Der habe sie sogleich eingesperrt. Es herrschte Einmütigkeit unter den Gläubigen: den Beweis, dass die Hostie geraubt worden war, hatte deren Auffindung erbracht. Annas Flucht wiederum konnte nur eines bedeuten, nämlich, dass sie die Schuldige war. Die Leute, die eben noch als dunkler, psalmodierender Fluss im letzten Tageslicht durch die Gegend gezogen waren, liessen darauf Priester, Geiger, Kreuze und Fahnen stehen und stürzten in die Richtung von Annas Hütte davon. Das Tor hatten sie am Tag des Hagels bereits eingeschlagen. Die ersten drangen in den Hof, und als die letzten eintrafen, stand Annas neues Strohdach schon in Flammen. Später schworen sie erleichtert, schon bald sei eine Fratze aus dem Kamin gezischt und mit Geheul über den Sümpfen verschwunden.

3

Der Kirchenadel wurde durch Hulda von den Vorfällen in Kenntnis gesetzt. Zwölf Volksrichter, die Herren Pfyffer, Treiger, Murgarter, am Steig, Fischer, Zuber, Rutschmann, Schmidli, Senn, Meyer, Schmid und von Rifferswil, alles Laien aus dem Bistum Konstanz, wurden ins Surental abgeordnet. Unter dem Dach und Vorsitz Hemmann von Reusseggs sollten sie gegen Anna einen Prozess wegen Hostiendiebstahls durchführen.

Wie hergewehter Wüstensand, der schliesslich als Blutregen herunterfällt, verbreiteten sich die Berichte über die ausserordentlichen Ereignisse schnell und weit übers Hinterland hinaus. Entlang den Bächen und über die Hügel kamen Scharen Neugieriger zur Wyssmatt, trugen Bitten in den Herzen und Weihegeschenke in verknoteten Bündeln. Sie warfen sich auf dieses gesegnete Stück Erde und erlebten Wunder und Zeichen. Diejenigen, die zu krank waren oder allzu weitab wohnten, um den Weg ins Hinterland zurückzulegen, erflehten sich dennoch Hilfe von dem neuen Wunderort. Und schworen, bei Erfüllung ihrer Anliegen zu gegebener Zeit die Wallfahrt anzutreten. Die Abtei Einsiedeln, Besitzerin der Wyssmatt, und die Propstei in Luzern, zu deren Einzugsgebiet das Sumpfland gehörte, machten sich den Fundort bald schon streitig. Einsiedeln beschloss ohne langes Zögern den Bau einer Gedenkkapelle aus Holz. Luzern bestand auf dem Bau einer Kapelle aus Stein. Für die Ewigkeit sollte sie sein: Die Pilger mit ihren Gaben trafen immer zahlreicher ein.

Der Propst von Luzern anerbot sich, die eingebrachten Gelder zu verwalten. Sein Stift, dessen äussere Angelegenheiten er leitete, war seit Jahren am Zerfallen und beherbergte gerade noch drei alternde Väter und fünf Novizen. Dank des Wunders bestand durchaus Aussicht auf bessere Zeiten. Schon bald erhielt der Propst vom Bischof, etwas später sogar vom Papst, die Erlaubnis, im Hinterland auch Ablässe zu verkaufen, was den Zustrom der Gläubigen abermals förderte. Die Ablässe tilgten sämtliche Vergehen der letzten fünf Jahre, bisweilen auch nur der letzten vierzig Tage. Bedingung war, dass ordentlich gebeichtet und fleissig bereut sowie eine nicht zu knauserige Hand gezeigt wurde.

Wohlstand kehrte im Hinterland ein. Die Schäden des Hagelwetters waren bald vergessen, Hunger und Armut, diese tyrannischen Zwillinge, aus dem Dorf vertrieben. Der Schenkenwirt vergrösserte zunächst unten die Stube und richtete kurz danach oben zehn Pilgerzimmer zum Übernachten her, während Johann von seinem Gallenbrand genas und sah, dass es nur recht und billig gewesen war, die stolze Fremde nicht zu seiner Frau zu machen. Bald darauf erschien er wieder bei der Arbeit, und als eines Tages die aufgeblühte Margret mit ihren Schweinen vorüberzog, meldete auch sein schwarzes Tier sich zurück.

Hemmann und Anfelisa erachteten die Angelegenheit als belanglos und rechneten mit einem Aufwand von wenigen Tagen. Danach, so vermuteten sie, wäre die Sache geklärt, Anna könnte gehen. Sie würden ihr möglichstes tun, die Herren die Unannehmlichkeiten dieser Untersuchung durch hervorragendes Essen, fröhliche Landpartien oder ein Jagdvergnügen verschmerzen zu lassen. Die meisten von ihnen nähmen ohnehin nur der Abwechslung halber an der Sache teil, waren sie überzeugt.

Anfelisa bot zwölf der tüchtigsten Frauen aus dem Dorf auf, befahl, alles herbeizuschaffen, was für das Wohl der Volksrichter zu haben war. Auch mussten zwölf Unterkünfte bereit gemacht werden.

Als die Männer einer nach dem andern eintrafen, standen die Frauen schon in der Küche, brieten, hackten, kneteten und sotten, polierten Krüge und Becher, schürten das Feuer, schleppten Wasser und dekantierten den Wein. In den Stallungen hielten die Burschen Wagenladungen von Stroh und Hafer für die eintreffenden Pferde bereit. Kaum waren sie angekommen und ein wenig erfrischt, traten die Schöffen zur ersten Sitzung zusammen. Nur einer fehlte noch. Er hatte sich im Hinterland verspätet, wo er alles Erdenkliche über Anna in Erfahrung zu bringen hoffte. Hemmann hatte den grossen Saal als Verhörraum einrichten lassen, wo vor wenigen Jahren die unglückliche Tochter von Anfelisas Bruder königlich geheiratet hatte. Und erst letzten Sommer war eine ausgewählte Gästeschar um die Hochzeitstafel Ännelis, Hemmanns und Anfelisas einziger Tochter, versammelt gewesen. Ein seltenes Pfauengericht hatte die Geladenen verwöhnt, Dutzende von Kerzen hatten in den Lüstern gefunkelt, und jetzt tagten hier diese Beamten.

Die meisten sassen steif, mit bewegungslosen Mienen und erinnerten Hemmann an seine präparierten Trophäen. Er selber freute sich wie ein Junge über seine neue Bedeutung. Freilich liess er sich nichts anmerken, sondern stellte sich kurz ans Fenster, um hinaus auf seine Besitztümer zu schauen.

Von Ost nach West dehnten sich die Hügel, hier und dort zogen schmale, gewundene Wege durchs Tal und über die Höhen.

Früher als anderswo schwand in dieser Gegend der Schnee, und die Kirschblüten platzten weit und breit als erste, oft über Nacht, aus nackten Ästen. Der Bauer ging zu Bett, gewohnt, die Bäume kahl und schwarz im Abendschein zu sehen, am nächsten Morgen – weiss der Himmel – blühten sie. Daher richteten die Landarbeiter schon im Juni die Leitern her, um sie bereits anfangs Juli in die Kirschen zu stellen. Im September rammten sie Stützen unter die Äste ihrer Apfelbäume, an denen schwer von Saft und Süsse die rotbackigen Erbsünden hingen. Und bis November färbte sich jeweils kein Blatt. Gegen Jahresende, beim ersten Schnee, kam pünktlich der Schnapsbrenner mit seinem glühenden Atem über die eisklirrenden Wege und besorgte sein Geschäft.

Hemmann schloss das Fenster, nahm behaglich auf dem einstigen Prunkthron seines Schwagers Platz, und die Sitzung begann. Wie er und Anfelisa vermutet hatten, schienen nur am Steig, von Rifferswil und Senn Annas Angelegenheit als gravierend einzuschätzen.

Der vornehme am Steig war der Wortführer. An der Verhandlung, bei Tisch, unterwegs in den Ländereien, zu Fuss, zu Pferd: Am Steig redete, witzelte und argumentierte. Er kannte, so schien es, alle Grössen der Welt. Wer Rang und Namen hatte, ging bei ihm ein und aus. Er frühstückte mit dem Kaiser, hofierte dessen Frau, duellierte sich mit dessen Söhnen und beschlief dessen Mätresse. Er wollte mit Karl dem Kühnen persönlich Schach gespielt, auf den bedeutendsten Tanzflächen und Schlachtfeldern geglänzt haben. Zu reden gab auch seine Haarpracht, von der er sichtlich betört war und in deren Pflege sein Kammerdiener unübertroffen schien.

Von Rifferswil war derjenige in der Runde, der fliessend schreiben und lesen konnte. Er war daher gebeten worden, das Protokoll zu führen. Sein ganzes Streben galt dem veralteten Minnesang, er schrieb auch auf der Burg laufend winzige Briefe, die er einer fernen Frau überbringen liess. Zu seinem Leidwesen bekam er seit Jahren nie eine Antwort, und der Kummer über ihre Kaltherzigkeit verhockte ihm die Eingeweide. Dies dürfte der Grund für sein gelbes, ungesundes Aussehen gewesen sein. Ermüdet vom Erfinden seiner tagtäglichen, vergeblichen Reime, fehlte ihm die Kraft für die tausend Anforderungen seiner Ämter. Er redete daher am liebsten andern nach dem Sinn. Hier war es am Steig, dem er nacheiferte, was dieser dem schlaffen Herrn wiederum als Klugheit zugute hielt.

Ausser am Steig und von Rifferswil hatte auch Senn schon an ähnlichen Prozessen teilgenommen. Von Anfang an frappierte er durch seine Frömmigkeit, und seine Bibelkenntnisse beeindruckten ebenso wie sein erstaunliches Repertoire an Sinnsprüchen. Keiner war berufener als er, vor jeder Mahlzeit das Tischgebet zu sprechen.

Zwei der Schöffen, ein junger und ein alter, hatten abwechslungsweise bei Anna Wache zu halten.

Als sie gerufen wurde, verliess Anna in Begleitung der Wachen frisch und ausgeruht den Dachraum und trat ohne jede Angst vor den Ausschuss. Diese Leute aus dem Bistum waren gewiss gelehrt und herumgekommen; ihnen die Dinge klar zu machen, dürfte nicht schwer fallen. Sie hatten nicht wie die Hinterländer ihrer Lebtag nur den eigenen Kirchturm vor Augen, ihre Füsse staken in weichen Finken, nicht in zähem Schlamm. Sie verstanden mehr von der Welt als die hinter den Hügeln. In dem grossen Saal wurde ihr dennoch bang. Noch nie hatte sie allein so vielen Männern aller Altersstufen gegenüber gestanden. Noch nie waren so viele Blicke nur auf sie gerichtet gewesen. Die einen scharf zerlegend, die andern lüstern, tastend oder mit sonderbar zurückhaltendem, ja maskenhaftem Ausdruck. Als versuchten sie, etwas Bestimmtes aus ihren Gesichtern zurückzudrängen. Doch statt, ihrem Impuls folgend, wieder hinauszulaufen, straffte Anna die Schultern, hob das Brustbein, holte Atem, betrachtete gefasst einen um den andern und gab die Blicke zurück. Hemmann nickte erleichtert, die Befragung begann.

Wie sie heisse und woher sie komme. Wie ihre Arbeitgeber hiessen, wer und wo der Vater des Kindes sei.

Während sie sprach, war nichts im Raum zu hören als ihre Stimme und das Geräusch der Feder von Riffers-wils. Als es vorbei war, fühlte Anna sich merkwürdig erschöpft. Sie stieg zurück unters Dach zu Siegberta. Aber dort verfolgten sie all die Fragen, kehrten wieder und wieder, ihre Antworten kamen ihr bald treffend, bald widersprüchlich vor. Hatte sie überhaupt etwas gesagt, was diese Männer überzeugte? Gegen Abend wurde sie zuversichtlicher, sah sich schon anderntags von neuem auf der Landstrasse, freute sich und nahm sich vor, kräftig auszuschreiten, in einer Woche würden sie zurück in Freiburg sein.

Sie stellte sich mit dem Kind, das wieder zu fiebern angefangen hatte und blass und dünn war, an die schmale Mauerluke und schaute mit ihm dem Wandern der Wolken und dem Aufglühen der Venus zu. Schau, sagte sie, an Sonne und Sternen siehst du Tag und Nacht vergehen. Am Mond die Wochen und Monate. Sie zeigte ihr später die Bärin mit dem Kind, die um den Nordstern kreist. Und an ihr, mein Täubchen, sagte sie, siehst du die Jahre vorüberziehen. Siegberta wollte wissen, warum der Himmel oben sei und die Erde unten. Warum waren sie nicht zusammen? Später fragte sie einmal mehr nach ihrem Vater, worauf sie, wie schon oft, erfuhr, wie er herumgezogen war. Auf dem Rücken ein Bauer, das ausgesehen habe wie ein kleines Schloss mit winzigen Türmen und Veranden und Wimpeln, sei er durch die Städte und Dörfer, bis ans Meer und über die Berge gelaufen. Von weitem hätten die Kinder das Gezwitscher gehört und seien gerannt, die Vögel zu sehen, die Federn aufzusammeln. Das Mädchen mit denselben dunkel glänzenden Augen wie Anna stellte wieder ihre liebste Frage, ob es stimme, dass ihr Papa die Vogelsprache gekannt habe, und wie es dazu gekommen sei.

Anna bettete die Kleine aufs Stroh, nach einer Weile begann sie: Wir hatten einen Stein, den Rabenstein. Wer den in den Mund nimmt, spricht wie die Vögel.

Das Kind sagte: Und weiter?

Genau genommen war es ein Zufall. Wir hatten von einem Stein gehört, der unsichtbar macht. Den wollten wir eigentlich haben. Wir stellten uns vor, wie grossartig es wäre zu verschwinden, wann immer wir wollten. Wieviel einfacher es wäre, im Unterholz die Nachtigall einzufangen. Oder vor den Augen der Geldeintreiber, der Anwerber für den Krieg sich in Nichts aufzulösen. Wir stellten uns ihre Gesichter vor.

Und, drängte das Mädchen, habt ihr ihn gefunden?

Wir haben überall herumgefragt. Man lachte nur.

Und dann, fiel die Tochter ein, kam das Kind und flüsterte Papa geschwind ins Ohr: Oben im Geäst, im allerhöchsten Nest, halten Raben ihn fest.

Eines Nachts im Herbst, fuhr Anna fort, es windete, der Mond schien über den Himmel zu stürmen, entdeckten wir auf einem hundertjährigen Baum, den wir erstiegen hatten, ein Rabenpaar. Der Wipfel ragte weit über die schroffen Berge, einsam stand der Riese im Wind, und im Mondlicht, das bald schien, bald verschwand, flackerte sein Schatten über Eis und Fels. Aus den Tälern stieg Wärme, über den Flüssen und Seen galoppierten und kochten die Nebel, die beiden Vögel aber konnten sehen, wie der Ozean in der Ferne den Himmel berührte. Ihr Nest war eine gemütliche Mulde aus kleinen Ästen, weich gepolstert mit Wolle und Gras, sogar Menschenhaar war dabei.

Und sie, die zwei Raben?

Der eine war so alt wie kein anderer Vogel der Welt, mit hellen grauen Büscheln über den Augen.

Ich bin das Gedächtnis, sagte er, und das ist meine Schwester, die Erinnerung. Seine hundertjährige Stimme, von allen Raben verehrt, krächzte fürchterlich: Was wollt ihr? Wir erschraken so sehr, wir mussten uns festhalten. Nach einer Weile sagten wir, dass wir den Stein suchten, der unsichtbar macht. Warum? wollten sie wissen. Wir sagten es ihnen. Er ist hier, sagte der zweite, nehmt ihn. Dein Papa legte ihn unter die Zunge, und wir kletterten wie die Eichhörnchen hinunter. Ihr zwei, rief es auf einmal von oben. Wir waren erst bis zur Mitte des Baumes gekommen. Ihr zwei, rief es wieder, wollt ihr versprechen, alle Jahre wiederzukommen und zu berichten, was unter den Menschen vorgefallen ist? Wir versprachen es. Das heisst, nur ich konnte sprechen, dein Papa sagte bloss: Krah, krah. Wie der alte Rabe. Ich sagte, nimm den Stein aus dem Mund. Er nahm ihn raus, und die Wörter waren wieder da. Wir mussten so sehr lachen, wir wären fast vom Baum gefallen. Aber wir wussten jetzt, mit dem Stein unter der Zunge sprichst du wie der Vogel, an den du gerade denkst. Doch unsichtbar wurden wir nicht sogleich. Wir mussten erst unser Versprechen erfüllen. Wir mussten zurückkommen und ihnen erzählen, was alles geschieht in der Welt.

Das Kind rollte sich zusammen, drängte sich eng an Anna und sagte: Und dann?

Wir konnten den Baum nicht wieder finden. Und bald danach kam der Krieg.

Das Kind darauf: Vielleicht hat Papa ihn ja gefunden, vielleicht ist er gar nicht bei den Soldaten geblieben, vielleicht macht er sich bloss unsichtbar, um uns zu hänseln. Anna erwiderte, daran habe sie noch nie gedacht. Und das Kind triumphierte: Weil du Papa weniger lieb hast als ich. Darum hast du daran noch nie gedacht. Dann schlief es ein. Anna fiel erst im Morgengrauen in einen dünnen, traumlosen Schlaf.

Um sechs begann der Tag. Die Schöffen, missgelaunt und steif von ungewohnten Träumen, schlurften in die Burgkapelle zur Messe, kosteten zum Frühstück etwas Wein, Fleisch und Brot und begannen mit der Untersuchung. Als erstes machten sie sich über die spärliche Habe der Gefangenen her, die am Vortag beschlagnahmt worden war, und stellten eine Liste all ihrer Dinge auf. Danach entwarfen sie, auf Annas gestrige Aussagen gestützt, die Anklageschrift, mit der sie sie später konfrontieren würden.

Anna und dem Kind wurde etwas Wein mit Wasser, Fleisch und Brot gebracht. Das Mädchen weinte und wollte nicht zurückbleiben, als Anna zum Verhör musste. Da Bitten und Beschwören nicht half, suchte sie nach ihrer Puppe. Doch Anna sagte, die liege unten im Saal. Alleingelassen, beschloss das Kind daher, „unsichtbar" zu spielen – vielleicht käme sie so ins Land, wo ihr Vater war –, und verkroch sich im Strohsack.

Als Anna eintrat, hatten die Männer gerade das zweite Frühstück beendet, es roch nach Eiern, gebratenem Speck und sauren Saucen. Eine Frau reichte eine Schüssel mit Wasser herum, eine andere ein Tuch, und erst als beide aus der Tür waren, galt die Aufmerksamkeit ausschliesslich der Angeklagten.

Ein beeindruckendes Hirschgeweih hing über dem Tisch, an dem die Männer sassen. Gestern, glaubte

Anna sich zu erinnern, hatte das nicht hier gehangen. Ein waagrechtes Eisenband fasste die beiden Teile kreisförmig zusammen. Drei Ketten, die von der Decke hingen, hielten es waagrecht. Vierundzwanzig Kerzen sassen darauf. Unten klammerte sich eine vogelartige Gestalt mit Eselsohren, vier Beinen und Wolfskrallen fest. Sie hielt die Flügel ausgebreitet und schien im Begriff, auf den Leuchter zu klettern. Das Ungeheuer, über dessen Rücken sich ein meterlanger Kuhschwanz schlängelte, streckte eine lange, spitze Zunge aus dem Schnabel. Sein Blick stach nach hinten zur Tür, als sehe es in Annas Rücken noch jemanden stehen.

Am Steig ergriff nach Hemmanns offizieller Eröffnung das Wort.

Sie, Anna Vögtlin von Bischoffingen am Kaiserstuhl, sei des Hostiendiebstahls angeklagt. Er mache sie darauf aufmerksam, dass es für sie keine Möglichkeit gebe, sich selber zu verteidigen, da sie ein Weib sei und vom Recht nichts verstehe. Hätte sie einen Ehemann, könnte sie ihn zu ihrem Verteidiger wählen, weil er ja ihr rechtmässiger Vogt wäre.

Sauberes Leben, reines Gewissen, kurzer Prozess, rief Senn aufgeräumt, worauf einige der Anwesenden aufschreckten und sich befleissigten zu nicken. Sie hatten schon gestern abwechslungsweise ein wenig geschlummert, sich dafür um so lebhafter beim Essen beteiligt.

Es sei, fügte von Rifferswil bei, in puncto defensio ernstlich vor den ruinösen Folgen zu warnen, die eine solche Verteidigung nach sich ziehe. Er kenne ernste Fälle, in denen wohlhabende Leute, die zwar freigesprochen worden seien, aber darauf allen Besitz zur Begleichung der Prozesskosten, insbesondere derjenigen des Verteidigers, hätten verkaufen müssen und als arme Leute bald danach, infolge der eingetretenen Entbehrungen, gestorben seien.

Meyer rief, er habe einen gekannt, dem sei so viel in Rechnung gestellt worden, wie eine ganze Rinderherde wert sei, dabei habe er nur zwei Kühe besessen und ein Schwein. Während er sprach, sass er so steif und aufrecht, dass Anna sich erheitert fragte, ob er vielleicht ein Melchterli am Rücken trage.

Schmidli gab zu bedenken, wer einen Advokaten nötig habe, den halte er erst recht für verdächtig.

Ob sie denn nun einen Beistand wünsche, fragte am Steig und strich sich behutsam übers Haar.

Anna verneinte. Der Herr von Reussegg habe gesagt, es werde schnell gehen, wenn sie schlicht ihre Aussagen vom ersten Tag wiederhole. Sie habe nichts anderes vor. Gehe es doch darum, die abergläubischen Leute im Hinterland zu beruhigen. Das Missverständnis sei unschwer zu klären. Sie wolle gern Hand bieten dazu, versicherte sie leichthin.

Hier zog von Rifferswil hörbar Luft durch die Nase ein und warf am Steig einen bedeutsamen Blick zu.

Dieser entgegnete, was die Klärung der Missverständnisse betreffe, falls es sich um solche handle, so seien sie ja just zu diesem Zweck hierher gereist. Er unterstütze auch die Ermahnung des Herrn von Reussegg, bei den Aussagen des ersten Tages zu bleiben, um dadurch einen schnellen Abschluss der Verhandlung herbeizuführen, es lägen ja die wichtigsten Fakten auf dem Tisch. Es freue ihn zu hören, dass sie, Beklagtin, das eingesehen habe. Es gehe im übrigen aber nicht an, diese Angelegenheit nur mit dem Aberglauben einer Handvoll Leute zu erklären, bevor nicht alle Umstände ex acto untersucht worden seien.

Hemmann forderte Anna auf, zum Vorwurf des Hostienraubes Stellung zu nehmen.

Anna sagte: Ich habe diese Geschichte zum erstenmal von den Häschern gehört, die uns frühmorgens aufgeschreckt hatten. Es war in einem Obstgarten. Wir hatten dort die Nacht zugebracht. Ich riss das Kind und das Bündel an mich und rannte davon. Sie uns nach. Schliesslich schnitten sie uns im Friedhof den Weg ab. Ich glaubte mich sicher dort und fragte, was sie wollten. Sie sagten, ich hätte die Hostie gestohlen. Meiner Lebtag habe ich aber keine Hostie mit den Händen berührt. Sie gar davonzutragen, wäre mir nie eingefallen.

Warum sie denn aus dem Dorf gerannt sei in der Nacht, nachdem just dies passiert sei, fragte am Steig.

Anna erwiderte, es gebe viele Gründe für eine Frau, auch spät in der Nacht, davonzugehen. Gerannt sei sie nicht.

Zuber, der Schöffe, der in der Gegend von Kastelen Erkundigungen eingezogen hatte und noch in der Nacht auf der Burg eingetroffen war, erklärte darauf, der Leutpriester habe ausgesagt, ihr am selben Nachmittag die Beichte abgenommen zu haben. Darauf habe er infolge des Unwetters nach seinen Pfründen geschaut. Sie, Anna Vögtlin, sei allein in der Kirche geblieben, den Gegenstand des Verbrechens dicht vor Augen, den der Seelsorger mit allem Fleiss eingeschlossen zu haben versicherte. Es sei nach des Geistlichen Dafürhalten schon möglich, dass sie die heilige Gottesspeise gestohlen haben könnte.

Die Angeklagte wurde zornig und sagte, ob der Pfarrer Rösch auch gleich verraten habe, wie man das anstellt. Aus einem verschlossenen, vergitterten Schrein.

Hierüber erwarte man just von ihr eine Antwort, entgegnete man ihr.

Schliesslich kam das Gericht zum Schluss, sie habe die Tat nicht selbst ausgeführt, sondern dem Kind den Auftrag gegeben, mit seinem schmalen Händchen durchs Gitter zu langen.

Aber nein, versicherte Anna fassungslos. Das Kind? Nein! Euer Ehren, es war zu Hause und …

Dieses Kind sei Beklagtin vom Satan geschickt worden, warum sie es verheimliche, fiel ihr Zuber ins Wort, denn sie habe es in diesen Dingen stets bei sich gehabt. So heisse es im Hinterland.

Mein Kind? fragte Anna, in welchen Dingen? Wovon redet Ihr? Von dieser unerwarteten Wendung überrascht, fuhr sie fort: Ihr mögt Eure gelehrten Gründe haben, mir diese Dinge vorzuwerfen. Ich arme Närrin verstehe nichts von Eurem Recht und Eurer Gerechtigkeit. Aber mit dem Gottseibeiuns habe ich nie etwas gehabt. Und wenn Ihr jetzt noch mein Kind da hineinziehen wollt, nein. Ich lasse es nicht zu, das nicht.

Vielleicht könne dieses Tüchlein weiterhelfen, meinte am Steig entgegenkommend und zog das feine, mit goldenen Fäden bestickte Stück Stoff aus Annas Bündel.

Das sei ein Tuch, sagte Anna, das sie vor Jahren bestickt habe.

Es sei das Corporale, in welches das Diebesgut gebettet und in seinem Schrein eingeschlossen gewesen sei, klärte am Steig die Versammlung auf.

Nein, widersprach Anna, nein, das ist nicht wahr. Was denken Euer Ehren denn? Sie trage es schon Jahre bei sich. Auf der Suche nach einer Arbeit als Stickerin oder Näherin weise sie es den Leuten vor.

Sie solle nicht abschweifen, fiel von Rifferswil ihr ins Wort, man wolle lediglich hören, wie sie ihre heimliche Flucht just in der Nacht, bevor das Fehlen der Hostie offenkundig geworden sei, erkläre, wenn nicht durch den heimlichen Griff in besagten Schrein.

Die Frau von Kastelen habe ihr geraten fortzugehen. Nicht, weil sie gestohlen habe. Nein, man habe sie und das Kind überfallen.

Hemmann, der bis dahin stirnrunzelnd zugehört hatte, sagte, ihm scheine, man sollte in diesem Verfahren jetzt zu einem Ende kommen. Wenn sie gleich ein gütliches Geständnis ablege, werde ein milderes Urteil gesprochen, so wandte er sich an Anna, als wenn sie zu leugnen fortfahre.

Anna bekam Herzklopfen. Sie öffnete den Mund, schaute auf den Burgherrn, fassungslos. Er hatte ihr Schutz versprochen, hatte den Aberglauben der Dorfleute belächelt und nun riet er ihr zu gestehen. Was war geschehen? Oder wusste er nicht, was Hostiendiebinnen blühte? Lebend war noch keine davongekommen.

Wie könnt ausgerechnet Ihr wollen, dass ich gestehe? fragte sie.

Eindringlich, für die übrigen kaum merklich, nickte er ihr zu. Du hast sie herausgeklaubt, nicht wahr, sagte er dabei, doch hast du sie gleich wieder weggeworfen. Warum? Fühltest du Reue, Angst vielleicht?

Nichts habe ich herausgeklaubt, nichts weggeworfen, sagte Anna.

Weswegen sie überfallen worden sei, nahm von Rifferswil den Faden wieder auf.

Sie fühlte es kalt zwischen den Brüsten und aus den Achselhöhlen hinunterrinnen. Wenn sie jetzt sagte, die Leute hätten sie verdächtigt, das Unwetter gemacht zu haben, war sie verloren.

Es sei an diesem Nachmittag ein Hagel von nie dagewesener Gewalt auf das Dorf niedergegangen, der die junge Saat, das blühende Obst erschlagen habe, sagte Zuber, der Kundschafter. Fusshoch hätten die Eiskerne die Gegend bedeckt. Ob Anna dazu etwas zu sagen vermöge?

Wie er das meine, fragte Anna bleich und fügte rasch hinzu, freilich, sie habe es auch gesehen.

Das Hinterland sei überzeugt, sie sei die Hagelmacherin.

Sie habe mit jenen Leuten nie Streit gehabt. Man habe einander nichts zuleid getan, nie. Vom Hagelmachen verstehe sie nichts. So eine sei sie schliesslich nicht.

Ist es nicht dennoch merkwürdig, sagte Senn, hier im Surental war an jenem Tag kein Hagelschlag.

In Basel, bestätigte ein anderer, habe die Sonne geschienen. Drüben in Konstanz, versicherte ein weiterer, genauso.

Im Nachbarort, so habe die Herrschaft von Kastelen auf Anfrage bestätigt, sei zur nämlichen Zeit ein milder Regen gefallen, sagte Zuber.

Anna atmete auf.

Habt Ihr die Hagelschlosse untersucht, Zuber? herrschte am Steig den Kundschafter an.

Nein. Wozu auch?

Wozu? Der Hagel, für den ein böses Weib verantwortlich ist, trägt verlässliche Kennzeichen wie eingefrorenes Haar beispielsweise. Ich bin erstaunt.

Darauf hättet Ihr achten sollen, Zuber, in der Tat, tadelte jetzt auch von Rifferswil in herablassendem Ton. Zubers Lippen wurden zu einem scharfen Strich, sein eckiges Kinn bekam Kanten.

Wie kommt es nur, wandte sich am Steig wieder voller Freundlichkeit an Anna, dass gerade bei dir ein solcher Hagel niedergeht und alles zerstört? Rundherum herrschte das übliche, etwas launische, aber insgesamt unauffällige Frühlingswetter. Wie muss ich mir das erklären?

Ja, wie, bemerkte von Rifferswil, wenn nicht mit Hilfe des Bösen, der da in allen Winkeln lauert?

Und durch den alles Ärgernis kommt, rief Senn über den Tisch.

Euer Ehren, sagte Anna, ich kenne kein Mittel, um Hagel zu machen. Das müsst Ihr mir glauben.

Gewissen Leuten diene die heilige Hostie zu solchen Zwecken, sagte am Steig.

Sie wisse nicht, wovon er rede, log Anna, tief erschrokken.

Zuber sagte scharf, sie könne noch viel mehr als das. Ob sie den Kutscher von Kastelen gekannt habe.

Ach, sagte Anna und nochmals, ach. Ein schreckliches Unglück. Sie fühlte, wie sie zu zittern begann, wie die Zähne leise aufeinanderschlugen.

Am Steig rügte Zuber abermals für seine Voreiligkeit und wollte zuerst die Sache mit dem Hagelschlag geklärt haben. Anna bestritt wieder, dafür verantwortlich zu sein. Zuber beharrte. Natürlich habe sie den Hagel herabgewünscht, stiess er, verärgert über die wiederholten Zurechtweisungen, hervor. Heiser fuhr er fort, das hänge doch alles zusammen. Ob sie sich nicht an den Tag erinnere, da der Johann um sie angehalten habe. Alle im Dorf hätten gehört, wie sie ihm darauf gedroht habe. Ganz so sei sie auch dem Kutscher gekommen.

Hemmann warf ein, sie sollten nicht schon wieder von diesem dörflichen Gerede anfangen. Gerüchte seien unzuverlässig.

Zuber höhnte schmallippig: Gerüchte, sagt Ihr? Ich spreche von Zeugenaussagen, mein Herr.

Hemmann achtete nicht auf ihn. Vielmehr ermutigte er die Angeklagte noch einmal zu gestehen.

Habt Ihr nicht selber gesagt, es sei alles Aberglaube? Wollt Ihr mich denn ganz verlassen? sagte Anna.

Hemmann räusperte sich. Was den Aberglauben angehe, wandte er sich an die Schöffen, so möge man ihm erlauben, hier zu präzisieren. Bei den Anschuldigungen, die die Leute von Kastelen gegen Anna gemacht hätten, könnte es sich seiner Meinung nach in der Tat um derartige Denkvorgänge handeln. Möglicherweise rührten sie aus alten heidnischen, im Hinterland – und nicht nur dort – immer noch lebendigen Quellen.

Es entstand eine heftige allgemeine Verwunderung. Man fragte sich, wessen Sache der Burgherr eigentlich vertrete, und hob die Sitzung kurzerhand auf. Etwas später liess Anfelisa zum Mittagessen läuten.

Auf dem Dachboden fand Anna die Ecke, in der sie für sich und das Kind ein Lager eingerichtet hatte, leer. Sie rief wiederholt nach Siegberta. Keine Antwort. Aufgeregt lief sie zur schmalen Mauerluke, durchsuchte alle Ecken und Winkel des Dachbodens. Sie fragte die Wachposten. Nein, durch die Tür sei niemand gegangen. Doch wer könne wissen, ob sie nicht als Fliege durchs Schlüsselloch entwichen sei, lachte Fischer, der ältere der beiden.

Anna fand die Tochter mit rotem Gesicht, eiskalten Händen und rasendem Puls im Strohsack. Sie verlangte nach ihrer Puppe und machte Anna Vorwürfe, weil sie so lange fortgeblieben sei. Warum sie die Puppe nicht mitgebracht habe, fragte die Kleine. Anna strich ihr die schweissnassen Haarsträhnen, die wie schmale Flämmchen über ihre Stirn liefen, zurück. Die Puppe liege, sagte sie, wie alle ihre Sachen unten beim Gericht und müsse dort bleiben. Aber schon bald würden sie von hier fortgehen und die Puppe mitnehmen.

Und wohin gehen wir?

Nach Hause.

Und was machen wir dann?

Sei still, mein Butterblümchen, mein Täubchen, ich bin müde, sagte Anna, bemüht, das Zittern zu unterdrücken.

Siegberta, fiebrig, mit spiegelnden Pupillen, fragte nochmals: Was machen wir dann?

Wir gehen dahin, wo der Regenbogen anfängt.

Warum?

Darum.

Sag, warum?

Wir werfen meinen Hut auf die Stelle.

Warum?

Es soll manchmal Gold in die Hüte regnen, die man dort fallen lässt.

Und du kaufst der Puppe ein neues Kleid, nicht wahr?

Genau. Und dir eins und mir eins.

Und dann, was machen wir dann?

Wir fangen wieder von vorne an. Ich lehr dich Vögel fangen.

Eine Frau brachte eine Erbsensuppe mit etwas Hühnerfleisch, Brotfladen und verdünnten Wein. Wie immer lehnte sie sich kurz an die Wand, um vom Treppenlaufen zu verschnaufen. Sie sagte: Ich koche denen da unten das Mahl, und wenn nötig werde ich es eines Tages mit einer Handvoll gehackter Fliegenpilze abschmecken. Brauchst es mir nur zu sagen.

Anna zwang sich zu einem Lachen und sagte: Wir werden schon zurechtkommen. Lass nur.

Es würde auch gar nichts nützen, seufzte die Frau. Es gebe zu viele Leute, die sich zu Richtern über andere machten. Die Welt sei voll von ihnen, die wüchsen schneller nach als die paar Haare, die sie Anfelisa jede Woche aus dem Kinn zupfen müsse.

Wir werden schon zurechtkommen, wiederholte Anna und brach das Brot. Ihre Hände zitterten immer noch.

Die Frau nickte mehrmals und ging. Sie kam nie mehr.

Das Kind sagte: Ich will nicht Vögel fangen. Wir müssen die Raben suchen. Damit sie wissen, was passiert ist.

Auch den Schöffen war aufgetischt worden. Nachdem Senn gebetet hatte, tunkte Hemmann ein Stück Brot in die Sauce und überreichte es am Steig. Das Mahl war eröffnet: gebeiztes Rotwild in würziger Weinsauce, Reis mit Zucker, Krebse aus der Sure, frischer Salat und gesottener Hecht, dazu Bier und zum Abschluss Mandelpasteten. Die Schüsseln bildeten eine Reihe in der Mitte der Tafel, und jeder holte sich mit Löffel oder gezieltem Messerstich einen Happen um den andern heraus.

Hemmann erzählte, wo und wie er das Wild erlegt habe, rühmte den jungen Laufhund, den er kaum habe abrichten müssen. Dem stecke das Jagen im Blut, der hetze ihm die Beute genau vor die Flinte. Doch das Thema fesselte ihn nicht wie sonst, er unterbrach sich häufig und wusste nicht mehr, wo er stehengeblieben war beim Reden. Er verstummte mitten im Satz, als sein Blick zufällig auf am Steigs Hände fiel, die mit einem einzigen Griff den schmalen Rücken der Krebse aufbrachen. Er sah dem kauenden Senn zu, der seit dem Tischgebet nicht mehr um sich geblickt hatte und jetzt begierig in zwei Schüsseln zugleich griff. Er hörte von Rifferswils Kiefergelenke knacken, während dieser hastig, als sässe er bei seiner letzten Mahlzeit, Salat und Krebse und Reis hinunterschlang. Er beobachtete Zuber, der sorgfältig die Fischhaut löste und das Fleisch mit Messer und Fingerspitzen nach versteckten Gräten untersuchte, bis es nahezu erkaltet war.

Was habt Ihr eben sagen wollen, verehrter Herr von Reussegg? unterbrach am Steig seine Gedanken.

Das zweite Verhör war schwieriger verlaufen als erwartet. Hemmann schien, er und Anfelisa hätten diese Schöffen unterschätzt, als sie dachten, es liesse sich alles in Kürze klären. Was würde aus Anna? Er musste mit ihr reden, sie mit Hilfe Anfelisas zum Einlenken bewegen. Noch war sie zu retten. Vielleicht.

Hemmann sagte, er verstehe nicht, dass diese Vögtlin weder die kostbare Monstranz, noch die Patene, noch den goldenen Kelch eingesteckt, sondern lediglich die Hostie begehrt habe. Was könne jemand mit einer Scheibe ungesäuerten Brotes denn anfangen? Um den Hunger der armen Leute zu stillen, reiche sie bei weitem nicht aus, dünn und karg, wie sie sei. Warum also sollte jemand so viel wagen?

Ihr fragt allen Ernstes warum? Mein lieber Herr von Reussegg, Ihr seid ein ungewöhnlich ritterlicher Mensch, ich weiss. Ich kenne wenige, die heute noch diese Ideale so verkörpern wie Ihr. Alle Achtung vor Eurem edlen Sinn, doch ist er, verzeiht, bei dieser Frau reine Verschwendung. Zum ersten: Jedes Kind weiss, dass der allerheiligste Leib des Herrn kein gewöhnliches Brot ist und nicht dazu dient, den Hunger des Leibes zu stillen, sondern das unendliche Sehnen der Seele. Auch ist es kein Geheimnis, dass die Seele rein sein und die Speise aus würdiger Hand empfangen werden muss, um der Gnade teilhaft zu werden. Im vorliegenden Fall scheint dies alles ohne Bedeutung gewesen zu sein. Wir finden weder Indizien für das Verlangen einer frommen Seele, noch finden wir die Hand eines würdigen Spenders. Der Sinn stand der Frau, so muss gefolgert werden, nach ganz anderen Dingen. Zum zweiten, fuhr er fort, erhellt gerade das Factum, dass weder Gold noch Silber, sondern nur die Hostie geraubt und dieselbe nicht etwa verzehrt, sondern davongetragen wurde, dass es der Diebin auch keinesfalls um weltliches Gut gegangen war. Sie hatte keinen Hunger, weder des Leibes noch der Seele, noch wollte sie sich bereichern. Es kann sich hier folglich nur um eine Aneignung der heiligen Hostie im Auftrag des Teufels handeln. Denn dem Bösen genügt für seine Zwecke bereits eine einzige Oblate.

Vorausgesetzt, rief Senn, sie wurde geweiht.

Es wäre mir lieber, den Teufel beiseite zu lassen, wandte Hemmann ein. Es müsste doch noch andere Gründe geben auf der Welt.

Selbstverständlich, sagte am Steig, doch nehmen wir einmal an, es wäre, wie ich gesagt habe. Sie wäre vom Regenten der neun höllischen Kreise angestiftet worden. Welches Ziel könnte er damit verfolgt haben, wenn nicht a) die Ketzerei, das Verhöhnen des Herrn und b) den Missbrauch der einer Hostie innewohnenden göttlichen Kräfte.

Aber wozu, verehrter Herr am Steig? Wozu? fragte Hemmann.

Wozu? Zum Zweck der Teufelskünste wie Schadenzauber und anderer ketzerischer Unternehmungen.

Herr am Steig, entgegnete Hemmann, soviel mir bekannt ist, flieht der Böse alles, was nach einem geweihten Gegenstand aussieht.

Ihr habt ganz recht, sagte am Steig geduldig, doch seht, er selbst berührt sie ja nicht. Das tun seine Mägde und Knechte für ihn. Er lässt sie sich erst übergeben im Zustand der Schändung, beschmutzt, entehrt.

Und wer wollte dazu Hand bieten? fragte Hemmann.

Wen Gott vernichten will, den verblendet er vorher, Herr von Reussegg, riss von Rifferswil das Wort an sich und leitete über zu einem atemlosen Exkurs über des Teufels Künste und Methoden. Er erläuterte die satanische Verführungspraxis, die einzig den Zweck habe, möglichst viele Seelen gefügig zu machen und ganz in des Teufels Macht zu bringen. Das sei die Rache dieses Engels der Apokalypse für den Sturz aus dem Himmel, schloss er.

Ipsissima verba, bestätigte am Steig beeindruckt, wortwörtlich so ist es, mein Guter.

Von Rifferswil hatte sich regelrecht in Eifer geredet, so dass auch die übrigen nach und nach aus ihrem Dämmerschlaf aufgewacht waren. Meyer berichtete von durchstochenen, auf Dolche aufgespiessten Hostien.

Schmidli erzählte von nackten, schreienden Leuten, die mit unzüchtigen Tänzen die Hostien versehrten und verunehrten. Bis der Teufel selbst sich zu ihnen geselle und seine satanische Ferse auf die entheiligte Seelenspeise stelle. Jetzt gehöre sie ihm mit allen ihr innewohnenden Kräften. Er könne sich ihrer nun schamlos bedienen.

Treiger rief, er habe von Kindsleichen und Bocksknochen gehört, mit denen das entweihte Brot vermengt und zu einem scheusslichen Gebräu gekocht worden sei.

Nein, unterbrach Murgarter, man füttert die Kindsleiche einer Kröte.

Seines Wissens, fuhr Schmidli dazwischen, verhalte es sich ganz anders. Die Kröte werde pulverisiert und mit dem Blut einer Frühgeburt aufgerührt. Dann erst gebe sie mit dem Schädelmehl eines Gehängten und gewürzt mit den gerösteten Samen vom Bilsenkraut, zu lateinisch Hyoscyamus albus, eine beliebte Salbe ab.

Die Flugsalbe, jawohl, pflichtete Murgarter bei, mit der kann man fliegen.

Hemmann wollte wissen, ob sie Anna solche Freveleien denn zutrauten. Nur Schmid verneinte. Auch

Rutschmann hatte seine Zweifel. Doch er beschloss, sie Hemmann später unter vier Augen mitzuteilen.

Radix omnium malorum cupiditas, sagte am Steig, und Senn doppelte nach, die Wurzel allen Übels sei die Begehrlichkeit. Unbeschlafene Frauen verfielen ihr am häufigsten. Und kennten keine Scham.

Noch lange berieten sich die Wortführer so angeregt, dass ihnen entging, wie die übrigen sich einer nach dem andern aus dem Saal stahlen. Die einen genossen bald ihr Mittagsschläfchen, die andern machten sich in der Dorfschenke Luft. Nur Hemmann war geblieben. Doch er schwieg während des ganzen Diskurses. Der Vorsprung an Kenntnissen, den diese Männer hatten, beschämte ihn.

Im Rittersaal meinte von Rifferswil abschliessend, die Vögtlin habe selber zu wählen zwischen Lüge und Wahrheit.

Beim nächsten Verhör warfen sie Siegbertas schmutzige Lumpenpuppe auf den Tisch. Was das sei, wollten sie wissen.

Anna sagte, es sei die Puppe ihres Kindes.

Und sonst? Keine weiteren Angaben?

Nein.

Ob es stimme, dass sie das Kind bei ihren Gängen meist dabei gehabt habe.

Ja, sagte Anna, es stimme.

Auch die Puppe?

Meist, sagte Anna, ja.

Am Steig ärgerte die umständliche Fragerei. Er liess unumwunden wissen, er halte das Ding für einen Rachedämon. Man brauche ihm nur den Namen eines missliebigen Menschen zu geben und ihm das anzutun, was jenem zustossen solle. Ob er das richtig gesagt habe, wandte er sich an Anna.

Sie sagte, sie verstehe nicht, was er meine.

Die Figur hier, fuhr am Steig fort, stehe im Verdacht, zu Zauberzwecken gedient zu haben. Die Rede kam noch einmal auf den verunglückten Kutscher von Kastelen, den Anna mit einem einzigen Satz, den ihr der Inkubus eingeflötet habe, um die Ecke gebracht haben sollte. Ob sie dabei nicht dieses Hudelgespenst zu Hilfe genommen habe?

Es sei Siegbertas Puppe. Sonst habe sie nichts dazu zu sagen, antwortete Anna. Das Unglück damals habe ihr sehr leid getan. Doch habe sie nichts damit zu tun.

Hast du den Mann verflucht oder nicht?

Sie besinne sich nicht mehr, was genau sie gesagt habe. Doch zuvor habe der ihr vom Bock herunter mit dem Scheiterhaufen gedroht.

Sie nickten.

Ob sie sich das hätte gefallen lassen müssen?

Sie schwiegen.

Ich hatte nie darüber nachgedacht, fuhr sie fort, dass man Worte nicht zurücknehmen kann. Kaum gesagt, gehören sie einem nicht mehr. Man hat keine Macht mehr über sie, nicht wahr? Wie man auch Sonne, Mond und Sterne, Hagel und Regen, Monate und Jahre nicht anhalten kann.

Sie fuhren fort zu schweigen.

Bitte, Euer Ehren, das ist Siegbertas Puppe! rief Anna. Das Ding riecht scheusslich, da habt Ihr Recht. Man hätte sie ordentlich trocknen lassen sollen. Das inwendige Stroh hätte man auswechseln sollen. Das ist alles.

Sie schwiegen.

Ich weiss nicht, ob ich geflucht oder gedroht hatte.

Die Leute behaupteten, ich hätte dem Mann das Unglück angewünscht, fuhr sie fort. Da bin ich zur Kirche gegangen und habe gebeichtet. Ich versprach auch, es würde nicht mehr vorkommen. Mehrere Bussgebete und einen Psalter hiess Vater Pantaleon mich für mein Aufbrausen beten. Aber er sprach sein Te absolvo und entliess mich mit seinem Segen.

Immer noch blieb es still im Rittersaal. Anna biss sich auf die Lippen.

Nicht lange davor hast du schon einmal so gewettert, und später hat es Hagel gegeben, ergriff am Steig schliesslich das Wort. Nein, diese Absolution ist null und nichtig in deinem Fall, denn du hast nicht die rechte Reue gehabt. Hast bei deinen angeblichen Bussgebeten stets zum Sakrament hinübergeschielt und dabei schon ausgeheckt, welchen Schaden du noch anrichten könntest. Wie vor der Beichte hast du auch währenddessen und danach mit dem Antichrist in engster Verbindung gestanden und schon den Diebstahl geplant.

Der Himmel und der Beichtiger glaubten mir, fuhr Anna auf. Mir wurde da oben verziehen. Verstehen Euer Ehren denn immer noch nicht: Ich habe das nicht gewollt.

Sollte es uns übrigens nicht zu denken geben, sagte Zuber, dass dieser Hagel genau dann anfing, als sie die Kirche betrat. Und präzis dann endete, als auch ihre Bussgebete endeten. Wer weiss, was du dort in Wirklichkeit gemurmelt hast, wandte er sich an Anna.

Diese suchte aufgebracht nach Worten, doch am Steig gebot Zuber zu schweigen, es gehe jetzt nur um den rätselhaften Tod des Kutschers.

Auf Antrag Hemmanns und des gemässigten Schmid, die zum Schluss gekommen waren, es habe sich tatsächlich um einen Unfall gehandelt, bei dem der Wagen ins Rutschen geraten und den Zugtieren in die Beine gefahren sei, wurde dieser Punkt schliesslich fallen gelassen. Rutschmann liess Hemmann darauf wissen, er habe sich ebenfalls überlegt, diesen Antrag zu stellen. Doch sei der Herr von Reussegg ihm zuvorgekommen.

Anna gewann neue Zuversicht und verlangte die Puppe zurück. Das Kind frage jede Stunde nach ihr.

Man händigte sie ihr aber nicht aus, worauf sie wütend jede Antwort verweigerte, bis sie voller Zorn und unterdrückter Angst zurück in ihr Gefängnis gebracht wurde.

Das glühende Kind empfing sie ungeduldig und gereizt. Warum kommst du so lange nicht, mir ist kalt, klagte es. Ich will fort von hier.

Um das Kind zu trösten, sang Anna vor sich hin, strich ihm besorgt die schwarzen Flämmchen aus der Stirn. Sie sang den ganzen Abend, die Stimme dunkel, sich kaum inne werdend, was und dass sie sang. Bis zur Erschöpfung, bis der Schiefer auf dem Dach ins Schwingen kam, Zinnen und Wimpel der Burg zitterten, der Gesang hinunter auf den Burgplatz sprang, weiter ins Dorf, einstimmte ins Singen der Töpfe auf den abendlichen Feuern, bis die Leute müde ihre Köpfe hoben und fragten: Hörst du's auch? Bis sogar das Kind ermattet sagte, sie möge endlich still sein.

Anderntags brachte Zuber vor, ein Dutzend Zeugen hätten ausgesagt, sie habe ihnen Medikamente appliziert.

Das sei wahr, sagte Anna.

Und worin die Krankheiten dieser Leute bestanden hätten.

Anna erzählte von den alltäglichen Beschwerden der Leute, von Schnittwunden, Eiterbeulen, Fremdkörpern in Nasen und Ohren. Vom Sumpffieber.

Ob sie nicht den Leuten zuvor die Übel angeworfen habe, war darauf die Frage.

Anna glaubte, sich verhört zu haben. Ich soll die Leute krank gemacht haben?

Um sie mit denselben Zaubereien anschliessend wieder zu heilen. Subjekte wie sie würden gewöhnlich so vorgehen. Der Fliegenfürst selbst helfe ihnen auf diese Weise, Macht auszuüben. Zum Dank für andere Gefälligkeiten.

Es gibt viele Mittel, die krank machen und heilen zugleich, räumte sie ein, da ist keine Schwarzkunst dabei.

Nenne die Mittel.

Das Öl aus dem Johanniskraut, Euer Ehren, ist Euch sicher bekannt. Es kühlt und lindert zuverlässig jede Verbrennung und heilt entzündete Kinderhaut. Wer aber damit an die Sonne geht, kann sich leicht an ihr verbrennen. Die Zwiebel, Euer Ehren, lässt der Hausfrau und dem Koch unfreiwillig Augen und Nase überlaufen. Doch taucht man eine einzige Scheibe in kochendes Wasser und trinkt ab und zu davon, versiegt die beharrlichste Triefnase. Oder denken Euer Ehren an das berühmte Theriak, hergestellt aus dem Fleisch der giftigen Viper.

Im Hinterland heisse es, sagte Zuber, die Vögtlin verstehe sich darauf, Beelzebub mit dem Teufel auszutreiben. Die Tatsache, dass er persönlich mit den Leuten dort geredet hatte, erlaubte Zuber, seinen Vorsprung hinsichtlich der Fakten bei jeder Gelegenheit auszuspielen.

Ich bitte Euch, warum sollte ich? sagte Anna.

Genau das, entgegnete Schmidli, möchten wir von dir wissen.

Worauf soll das alles hinaus? fragte sie und fühlte das Zittern wieder.

Wer hat dir diese Dinge beigebracht von der Zwiebel, vom Johannisöl? fragte Schmid.

Anna sagte: Wahrscheinlich meine Mutter, ich weiss es nicht mehr. Alle kennen diese Mittel. Frage Euer Ehren Eure Frau.

Zuber aber wandte eisig, mit überlegenem Blick auf am Steig, ein: Man hat mir im Hinterland von einem Schwarzkünstler erzählt, dem Beklagtin zur Hand gegangen sei.

Sie meinen den – wie hiess er noch – aus Bischoffingen? fragte am Steig.

Genau den. Aus Bischoffingen. Zuber lehnte sich mit gespielter Langeweile zurück.

Das Gericht begehrte ausführlich zu erfahren, was es mit dem Schwarzkünstler von Bischoffingen auf sich habe, und sandte Zuber ins Breisgau, um sich dort nach einem gewissen Unterwieser zu erkundigen.

Das Kind hatte sich inzwischen vom Fieber erholt, blieb jedoch bleich und vermisste die Sonne, den Geruch der Regengüsse auf der nackten Erde ihres kleinen Hofes und die frische Milch ihrer Ziege. Immer wieder fragte es nach ihr, jammerte und wollte wissen, wer in aller Welt die Herumirrende jetzt hirten würde. Es zog die Kleine ins Freie. Ihr habe geträumt, dem Papa sei der Rabenstein verloren gegangen, er müsse für immer unsichtbar bleiben, wenn sie ihm nicht suchen helfe.

Kaum war Zuber zurück, gingen die Verhöre in den zweiten Akt. Ihm sei auf seiner Reise Erstaunliches über diesen Unterwieser zu Ohren gekommen, berichtete er. Der und kein anderer, sah das Gericht seine Vermutungen bestärkt, müsse Anna in den teuflischen Künsten unterwiesen haben, ihr Anstifter und des Versuchers Unterhändler gewesen sein.

Ich habe bei Anton Unterwieser die Leute empfangen, sagte Anna. Es gab wüste Wunden zu verbinden, und ich habe Salben gemacht. War ein Zahn zu ziehen, hielt ich die Kranken fest. Der Laden musste jeden Tag zweimal sauber gefegt werden. Es gab Blut und Eiter, Haar und faule Zähne. Und üble Gerüche, wie die Krankheit sie macht. Die hab ich ausgelüftet. Daneben habe sie Botengänge besorgt. Nein, von seinen Fertigkeiten habe sie keine erlernt, ein, zwei Rezepte gegen Husten und verstauchte Gelenke, mehr nicht.

Meine Herren, sagte Zuber, dieser Unterweiser, ein abgesprungener Klosterschüler und später verrufener Quacksalber, hat das Leben vieler, zuletzt eines unschuldigen Mädchens, auf dem Gewissen.

Schmid wandte ein, er glaube gehört zu haben, der Mann heisse Unterwieser. Er wolle doch bitten, diesen Unterschied zu beachten.

Danke für den Hinweis, sagte am Steig. Aber vergesst nicht, uns allen ist hinlänglich bekannt, wie sehr der Fürst der Unterwelt es liebt, sich willige Menschen zu unterwerfen, um sie in seine Künste einzuführen.

Immer in der Absicht und mit dem Versprechen, warf von Rifferswil dazwischen, sie sich später zu eigen zu machen.

Dass er sich dabei nicht selten eigentlicher Unterweiser bedient, fuhr am Steig fort, brauche ich nicht zu sagen. Auch bei diesem Bartscherer, dem sogenannten Anton Unterwieser, haben wir Grund anzunehmen, dass es sich eo ipso um einen solchen Kerl handelt. Vermutlich wurde er nicht zum erstenmal mit der Aufgabe betraut, jemanden zu unterweisen. Wir müssen also davon ausgehen, dass dieser Bartscherer unsere glücklose Vogelhändlerin in des Durcheinanderwerfers Auftrag angelockt und in dessen Künste eingeführt hat. Der Tod des Kindes war kein Kunstfehler und kein Unfall, nein, wir haben Hinweise darauf, dass der Tod des Kindes in diesem Plan vorgesehen gewesen sein könnte. Ich bitte insbesondere die Herren Schmid und Rutschmann, auch unsern hochverehrten Gastgeber, zu beachten, dass sich in der Vita der Angeklagten erst seit ihrem Aufenthalt bei diesem Unterweiser – Ihr verzeiht, wenn ich fortfahre, ihn so zu nennen – Wesentliches verändert hat, schloss am Steig.

Schmid fragte, was denn diese dazu zu sagen habe.

Anna, die mit rasendem Puls zugehört hatte, rief zornig: Alles Unsinn. Der arme Unterwieser ist ein frommer Mann, hat alles getan, den Leuten zu helfen. Der Rost hat das Blut jenes Mädchens zu sehr verdorben gehabt. Unsere Hilfe ist zu spät gekommen. Rote Striemen wie Brandmale liefen bereits seinen Beinchen entlang, als man es uns brachte. Es hat schon mit den Engeln geredet.

Sie wolle ihn also verteidigen, diesen Unterweiser, wiegte Zuber den Kopf.

Hemmann fragte, warum er diesen Mann nicht gleich mitgebracht habe.

Der Mann, antwortete Zuber und legte eine Pause ein, um der Antwort ihr verdientes Gewicht zu geben, schmachte wegen Totschlags im Turm.

Ob er der Beklagten angeboten habe, wollte Rutschmann jetzt wissen, ihr beizubringen, wie sie die Leute benachteiligen und schädigen könne.

Unsinn, wiederholte Anna. Wieso sollte er mir solches anbieten? Ganz im Gegenteil. Ich hatte gehört, er suche eine Hilfskraft. So und nicht anders war's. Als Frau ohne Mann kann eine nicht wählerisch sein, bei wem und wo sie in Dienst tritt.

Sicherlich habe er ihr schon bald ein neues Kleid und ein paar Schuhe geschenkt, erkundigte sich Meyer und setzte sich aufrecht, als buckle er wiederum sein kleines Gewicht.

Ei, freilich, sagte sie. An Ostern ein paar Schuhe, an Weihnacht einen Hut. Auch die, die er geheilt hat, haben ihm dies nie anders entgolten. Ein Schuster hat sogar ein paar Stiefel fürs Abtöten eines Zahnwurms gebracht. Der hat ihm schon das halbe Gebiss abgefressen gehabt. Doch mit dem heissen Dampf gerösteter Bilsensamen hat Unterwieser den Wurm verglüht und den Mann vom ewigen Bohren und Rumoren befreit. Ein Paar Stiefel als Entgelt dafür ist dem Meister gerade recht gekommen. Eigentlich selbstverständlich, wenn man bedenkt, dass der Geheilte eine Schusterei besessen hat. Ein andermal bekam er ein junges Böcklein fürs Heilen vom Franzos. Mit Käse oder Obst, manchmal einem Schnaps sind sie auch gekommen. Genügt das Euer Ehren oder muss ich die ganze Liste aufzählen? Sie ist lang, Euer Ehren. Brachten seine Medizinen einmal keine Linderung, heischte er natürlich nichts.

Zur Sache, sagte ungeduldig der Protokollführer von Rifferswil, dessen übliche Beschwerden durch die Umstellung der Kost in letzter Zeit noch zugenommen hatten. Er litt unter Völlegefühl, und im Kopf schwirrten Schwärme von Heuschrecken. Er war unerhört müde und unglücklich, dazu dieses tagelange untätige Herumsitzen im Hagel von Sätzen und Wörtern, die er alle niederzuschreiben hatte, obwohl sie himmelweit entfernt waren von seiner geliebten Poesie.

Ob er ihr nicht versprochen habe, sie dem zuzuweisen, dessen Name Lux oder Luzifer sei, insistierte Senn.

Eine solche Dummheit habe sie ihn nie sagen hören. Da sei sie ganz sicher.

Was sie zum Verdacht, Unterwieser sei eigentlich ihr Unterweiser im Schadenzaubern gewesen, zu sagen begehre, begann am Steig wieder.

Ob sie denn alle taub seien, fiel sie ihm ins Wort. Sie habe doch deutlich genug geredet.

Sie brauche nur zu schildern, wann der Mann sie dem Luzitüfel zugeführt habe und wie es dabei zugegangen sei, ermunterte Senn sie von neuem.

Schmid und Hemmann protestierten. Sie wurden angehalten zu schweigen.

Sie verbitte sich derartige Frechheiten, sagte Anna. Solchen Umgang pflege ich nicht, Euer Ehren.

Die alte Kammerfrau der Hulda von Kastelen habe aber gesehen, wie mehrmals einer im grünen Kleid vom Santenberg gekommen und sich die ganze Nacht mit ihr vergnügt habe, versicherte Zuber. Er müsse dem erlauchten Gremium ja nicht sagen, welches die Farbe Luzifers sei.

Der Herr Kundschafter dürfte eigentlich wissen, sagte Anna, dass diese Zeugin nahezu blind sei. So eine könne nichts und niemanden aus der Ferne kommen sehen.

Gerade die Blinden, wandte Zuber sich ans Gremium, sehen oft mehr, als es uns gefällt. Ausserdem hatte der Kundschafter selber genügend Zeugen gefunden, die die Aussage der Kammerfrau bestätigt und auch sonst willig alles angegeben hatten, was der leicht zu kränkende Befrager ihnen wie Bittermandeln auf die Zunge geschoben hatte. Die Versammlung begehrte, Einzelheiten zu erfahren.

Anna leugnete weiter.

Dabei achtete sie auf ihr Gesicht, denn sie wusste jetzt, auch wenn sie die Wahrheit sagte, glaubten sie ihr nicht. Die Sorge, mit stets neuen Anschuldigungen festgehalten und in der Folge wieder der Lüge bezichtigt zu werden, was immer sie auch antwortete, verunsicherte sie masslos. Auch auf ihre Stimme konnte sie sich nicht mehr verlassen. Sie kam nun häufiger ins Zittern, wurde heiser und verriet, wieviel Angst ihr die Kehle umklammerte. Das hingegen galt den erfahrenen Rechtsvertretern gleich als Zeichen, dass die Delinquentin log. Und diesmal hatten sie recht. Es stimmte, was die Leute redeten.

Beim Beerensuchen im Wald an der leicht abfallenden Flanke des Santenbergs war sie letzten Sommer auf seine Hütte gestossen. Ein Rundbau, bestehend aus lauter kleinen Stämmen, wunderbar geräumig, wunderbar harzig duftend. Er war leer bis auf die Insekten, die auf den schräg einfallenden Lichtstrassen ihr sprunghaftes Einmaleins des Fliegens übten. Zugleich zeigten sich deutliche Spuren eines Bewohners. Sie sah sich unter dem Geschrei der wachsamen Krähen um und fand einen hölzernen Teller, einen Löffel, ein Schlaffell. Sie wartete. Das Licht begann zu schwinden. Es dämmert früh in den Wäldern, die Bäume rücken zusammen, die Schatten sammeln sämtliche Goldtaler ein, die die Sonne zwischen den Ästen zu Boden geworfen hat. Als die

Krähen in den Wipfeln erneut zu lärmen anfingen, wusste Anna, dass jemand kam, und trat hinaus. Leise brachen ein paar Reise, Schritte näherten sich. Zu schön, zu jung für diese Einsamkeit, dachte sie, als gemächlich einer über den Waldpfad daherkam.

Gefällt dir meine Hütte? fragte er.

Sie bejahte.

Er sei Waldbruder, sagte er und schlug beinah zärtlich an einen der hohen Stämme. Der Herr selbst habe ihn hierher, in diese harzreiche Kathedrale, geführt. Dann und wann predige er ein wenig. Und du? Was willst du?

Anna blickte zweifelnd um sich und scherzte, wem er denn predige, etwa den Maulwürfen?

Ja, sagte er, warum nicht? Sehnen wir uns nicht alle nach demselben?

Nun, hatte sie rasch entgegnet, es nachte ein. Sie müsse ihre Beeren heimbringen. Er begleitete sie zurück zum Dorf. Doch schon im Herbst fand sie die Hütte wieder unbewohnt. In den Wochen dazwischen hatte man ihn aber mehrmals am Fuss von Kastelen sehen können, und sein grobes Hemd war Anna zu Ehren jedesmal gereinigt und geflickt gewesen wie zu einem Fest. Beim ersten Mal hatte sie Feuer gemacht und ihm eine kräftige Brühe gereicht. Beim zweiten Mal im grossen Zuber ein Bad mit Birkenblättern gerichtet.

Der Einsiedler schlürfte die Suppe und nahm auch bereitwillig im Birkenwasser Platz. Es hatte sich jedoch bald gezeigt, dass er weder zum Suppenessen gekommen war noch stärkender Bäder bedurfte. Dennoch liess es Anna dabei.

Sie sei, wie jedermann sehen könne, der Augen habe, weder alt noch hässlich, sagte von Rifferswil. Was sie denn in den langen Nächten ihres sichtlich noch recht jungen Lebens angefangen habe. Ob sie ihnen etwa erzählen wolle, ihr Leib habe nie das Züngeln der Leidenschaft verspürt, sich in schwülen Sommernächten nie nach der Kraft und dem Duft eines männlichen Gemächts verzehrt und in den endlosen Dämmerstunden des Winters nie nach der Hitze einer Umarmung verlangt.

Er redet, als wär für mich schon alles vorbei, durchfuhr es Anna.

Senn witzelte: Kein Feuer, keine Kohle kann brennen so heiss als heimliche Liebe, von der niemand weiss.

Erst beim dritten Mal sassen sie zu zweit am Tisch, und vergnügten sie sich zusammen im Bottich. Und als der Einsiedler, der von Betten nichts hielt, sich danach auf dem festgetretenen Fussboden der Hütte ausstreckte, liebten sie einander dort, bis eine feine Lehmschicht ihre Haut überzog. Lachend waren sie noch einmal in den Zuber gestiegen, und der Boden hatte sich so eilig verfestigt, dass die Abdrücke ihrer Körper wie grosse längliche Mulden bis zum Tag des Hagelwetters sichtbar geblieben waren.

Wie sie es denn in der Andreasnacht gehalten habe, in der den Bauerntöchtern im Traum ihr Zukünftiger erscheine. Ob sich ihr der Gehörnte auf den Bettrand gesetzt habe, wollte Meyer wissen. Er war ganz zusammengesunken gewesen, richtete sich aber bei diesen Worten von neuem auf und blickte, erheitert über seinen Einfall, in die Runde.

Anna sagte fassungslos: Was Euer Ehren sich nicht alles ausdenken!

Hemmann, der sich trotz seines imposanten Sessels immer unbehaglicher fühlte, erklärte, Anna sei des Hostienraubes angeklagt und zwar bei Tag und in der Kirche. Und nicht der Unzucht.

Anna nutzte die momentane Verlegenheit und warf ein, man solle sie endlich ziehen lassen. Sie verlange, gehen zu können.

Mit dem Ruf, der ihr jetzt schon wie ein Schatten anhafte, fasste Zuber sich als erster wieder, komme sie nicht weit. Land auf, Land ab erzähle das Volk sich ihre Geschichte. Und man wisse ja, die Leute gäben ihr Hemd für eine gute Geschichte. Es hätten sich dort, wo sie den Leib des Herrn den Schweinen hingeworfen habe, auch schon Wunder ereignet und Pilger eingefunden. Ob das vielleicht keine gute Geschichte sei. Anna erschrak. Sie, die bis vor kurzem jedem Ketzergerücht vergnügt und schaudernd zugehört und ohne nachzufragen, ohne den leisesten Zweifel alles geglaubt, selber weitererzählt und diese Kreaturen verächtlich gemacht hatte, sollte nach Auffassung der Leute auf einmal selber eine von denen sein? Was für Lügen wurden da erzählt? Was hatten sie aus ihr, aus ihrem Leben gemacht? Es musste alles eine Verwechslung sein. Oder waren am Ende jene andern wüsten Geschichten und Gerüchte, die sie gehört und selber weitererzählt hatte, genauso in irgendwelchen Köpfen entstanden wie all der Unsinn hier?

Auf einmal kam ihr jene Soldatin von Orléans in den Sinn, ein Bauernmädchen damals, in ihrem, Annas, Alter. Sie hatte Stimmen gehört, die ihr befahlen, in den Krieg zu ziehen. Dieses schüchterne Mädchen, das sich mit Waffen nicht auskannte, die Sprache des Krieges fürchtete, hatte ein Heer anzuführen. Hielt auf einmal das Schicksal ihres Landes in der Hand. Oft beirrbar, oft erschrocken hatte sie alles getan, was die Stimmen verlangten. Sogar ihren König, was wiederum ganz unerhört, kaum zu glauben gewesen war, zur Krönung geführt. Anna erinnerte sich unvermittelt all dieser Berichte und Gerüchte. Hatte sie damals begierig vernommen. Es sei ein Verbrechen, hatte sie viele sagen gehört, die Frau zu verbrennen wie die richtigen Verräter, die richtigen Ketzer. Aber sie wurde verurteilt, sie wurde verbrannt. Denn andere sagten präzis das Gegenteil. Sagten, sie habe es gewiss so verdient, ihre hohen Richter wüssten schon, was sie täten. Vor sechzehn Jahren, im ersten Konzilsjahr musste es gewesen sein. Doch merkwürdig, nachdem die Soldatin verbrannt war, hatte ein neues Gerücht sich verbreitet, ihre Richter, hiess es, hätten bei der Hinrichtung geheult. Einer der Notare, der Wort für Wort der Jeanne und ihrer Befrager in seine Folianten gekritzelt hatte, habe danach keinen Griffel mehr halten, keinen Finger mehr bewegen, keinen einzigen Buchstaben mehr schreiben können. Anna hatte diese und ähnliche Geschichten geliebt, sie hatten Abwechslung, hatten die Welt in ihr Leben gebracht.

Kann es also sein, dachte Anna erschrocken, dass manchmal die Wahrheit zu spät aus ihren abertausend Hüllen tritt? Und wie ist es mit der Gerechtigkeit? Ist sie bloss ein blindes, eigensüchtiges Weib?

Lasst mich gehen, wiederholte sie, ich habe mit all dem nichts zu tun. Ich sag Euch, Ihr tut ein Unrecht, lasst mich gehen. Ich werde schon nach Hause finden, lasst mich bloss gehen.

Zu gerne hätte sie sie mit einer ihrer Drohungen beeindruckt. Früher hatte das öfter geholfen. Doch jetzt würde es ihre Lage nicht verbessern, würde das Argwöhnen von neuem anfangen.

Am Steig sagte, etwas wie Mitgefühl in der Stimme, wenn sie sich wirklich helfen wolle, solle sie vertrauensvoll gestehen. Damit würde sie ein milderes Urteil erwirken. Nur Eingeweihten war bekannt, was mit dieser Milde gemeint war. Statt sie lebendig im Feuer verglühen zu lassen, würde man sie vor dem Anzünden des Holzstosses so kräftig an den Pfahl binden, dass sie erstickte.

Euer Ehren verschwenden nur Zeit, kämpfte Anna weiter, ich bin nicht die, die Euer Ehren suchen. Warum wollt Ihr das nicht sehen? Es ist die Wahrheit. Doch kaum gesagt, begriff sie, dass nur sie das wirklich wusste, jeder Mensch mit seiner Wahrheit vollkommen allein war. Für alle andern war die Wahrheit aus Glas, wer nicht wollte, brauchte sie nicht zu sehen. Konnte sie aus purem Versehen zusammenhauen.

An diesem Abend ergingen sich am Steig und Hemmann im grünenden Weinberg. Am Steig zeigte sich gesprächig wie meist. Es war ein leichter Wind aufgekommen, der Tag nach Westen weitergezogen, der Abend erfüllt vom Rauch der glimmenden Herdfeuer, auf denen unten, in den Katen der Ebene, die dicken Suppen aus Linsen und Erbsen kochten.

Seit den ersten Tagen und Nächten, da die Schöffen unter Hemmanns Dach wohnten, beunruhigte sie selbst jenes Züngeln der Leidenschaft, das sie im Verhör zur Sprache gebracht hatten. Und so witzelte auch am Steig auf dem Spaziergang, man brauche heutzutag nur das Kleid eines Pfaffen oder Bart und Fuss eines Ziegenbocks anzuziehen, wolle man sich ein bisschen verwöhnen lassen. Gehe man geschickt vor, stiess er Hemmann mit dem Ellbogen an, könne man in der Aufmachung Mephistos jede unverbindlich vernaschen. Er habe gehört, es funktioniere hinreissend. Dank seiner hitzigen und prickelnden Einfälle stehe der unsterbliche König der Verdammten ja weitherum im Gerede und finde an allen Ecken offene Türen. Die Frauen dächten geschmeichelt, der Herr der Unterwelt höchstselbst wolle nun auch sie vögeln. Danach sträubten sie sich nur noch zum Schein und aus Angst um den guten Ruf. Er solle es ruhig versuchen, er, am Steig, verüble ihm nichts. Hemmann blickte den Aristokraten von der Seite an und versuchte, sich ihn in der beschriebenen Verkleidung vorzustellen. Und, zum Teufel, es gelang.

Ihr scherzt, sagte er.

Es ist mein voller Ernst.

Hemmann verschwieg, dass er sich in der Tat schon mehrmals bei Nacht auf dem Weg zu Annas Winkel ertappt hatte. Doch hatte immer gerade dann Anfelisa nach ihm gerufen, worauf er sich noch in den Gängen besann. Auch an diesem Abend, als die Schöffen einer nach dem andern in ihren Kammern verschwunden waren, am Steig sich etwas später mit einem feinen Lächeln verabschiedet hatte, befand der Burgherr sich unterwegs zum Dachstock. Er hatte gewartet, bis die Dämmerung in Dunkelheit übergehen und die Schatten alle Dinge und Geschöpfe zusammenfügen, Wälder, Wiesen und Felder ununterscheidbar machen würde. Bis der Rauch der abendlichen Kocherei sich verzogen hatte, das Vieh in den Schutz der Bäume und Unterstände drängte. Dann endlich näherte er sich den Wachen, von denen der eine schlafen durfte, der andere aufpassen sollte, und sah den Älteren mit offenem Munde liegen, der Jüngere sass mit dem Rücken gegen die Kerkertür und mahlte leise mit den Zähnen. Vorsichtig suchte Hemmann nach dem Riegel, als er Anfelisas Stimme hörte.

Und statt auf den Dachboden eilte er hinunter ins Himmelbett seiner Frau.

Die Gegenwart der zwölf Rechtsvollstrecker hatte auch Anfelisa aus ihrem gewohnten Tagesablauf gerissen. Sich in diesen Prozess im einstigen Tanzsaal einzumischen, war ihr jedoch verwehrt. Sie war in ihrem eigenen Haus eine Ausgesperrte geworden. Doch das hiess nicht, dass sie ungestört ihrer Wege gehen konnte. Bei ihren Besorgungen in den Gängen, auf den engen Treppen oder beim Atemholen draussen im Hof geriet sie immer wieder an einen oder mehrere der Volksrichter, die, indem sie ihr ritterlich den Weg freimachten, auch all ihren Fragen höflich auswichen. Oder sie stiess mit einer der neuen Mägde zusammen, die sie eingestellt hatte und bei deren Überwachung sowie beim Ausdenken und Zubereiten der aufwendigen Mahlzeiten sie sich ungewöhnlich erschöpfte. Selten waren die Stunden des Stichelns und Sinnierens vor ihren Tapisserien, das üppige Fantasieren in den Gärten geworden, die sie mit ihren Nadeln und Wollgarnen aus dem groben Leinen zauberte. Nur während sie ass, war sie allein. Nachts lag sie mit geschlossenen Augen, doch trotz der Schlafäpfel, die sie unter ihr Kissen schob, kehrte der Schlaf kaum noch ein, und sie vermisste das gewohnte heilsame Umherschweifen im Traum.

Blieben noch die Gespräche mit ihrem Mann, die sie nach den eingetretenen Veränderungen nur noch nachts führten, denen aber einzig zu entnehmen war, dass sie durchhalten müsse, dass es noch Tage so weiter gehen könne. Schon in der ersten Zeit hatte er sie wissen lassen, dass sie auf der Hut sein solle und sich oder ihn in keiner Weise verdächtig machen dürfe. Von den Verhandlungen weigerte er sich zu erzählen, doch sein Gesicht, das noch jüngst so glatt und frisch gewesen war wie die Oberfläche der Kürbisse, die im Oktober aus den Gemüsegärten kamen, lag jetzt in Kummerfalten.

Sie war angewiesen auf Verdächtigungen, Gerüchte, Mutmassungen. Und all die Übertreibungen der Dorffrauen. Die genierten sich nicht und besprachen beim Kochen und Rüsten und Fegen die Ereignisse, und was sie von ihnen hielten, frei und üppig. Am Brunnen und in der Schenke des Dorfes war man, durch welche Quellen auch immer, stets auf dem Laufenden. Die Leute redeten von nichts anderem ausser etwa vom Wetter.

Alles, was auf der Burg nicht nur an Speisen, sondern auch in den Verhandlungen auf den Tisch kam, wurde von Hütte zu Hütte herumgeboten, breitgewalzt und schliesslich zurück in die Wirtschaftsräume der Burg getragen.

Zuber hatte nicht übertrieben, die Gerüchte über Anna und das dauernde Spintisieren im Surental und weit darüber hinaus schadeten Annas Ruf schwer. Ihr Aussehen und ihre Geschichte wurden immer drastischer ausgeschmückt. Siegberta galt bald als gestohlenes Kind, bald als ein von einer unbekannten Dirne erwürgter und im Feld verscharrter Bastard. Und als Anna das tote Kind zwecks Fabrikation von Zaubersalben eines Nachts heimlich habe ausgraben wollen, so die neuste Schauergeschichte, sei es ihr in seinem schimmernden Totenhemdchen ganz von selbst entgegengekrochen. Da habe sie sich nicht dafür gehabt, es zu schlachten. Noch nicht, fügten andere, an diesem Punkt erbleichend, hinzu. Da und dort hörte Anfelisa sogar sagen: Schade, hat die Hagelsiederin nicht mehr solcher Hurenkinder geboren, beim siebten wär sie wieder Jungfrau geworden.

Auch die Kinder, von denen man bisher angenommen hatte, sie dächten nur an ihren Haferbrei mit Rübensirup oder daran, wie sie einen ärgern könnten, und verstünden nichts von den Geschäften der Grossen, hatten jetzt ein Teufelsspiel erfunden. Weiss der Henker, wo sie das kostbare, rare Papier stahlen, aus dem sie kleine Hostien schnitten, um hernach mit verdrehten Augen, Gekrächz und Grimassen darauf herumzutanzen. Sie fegten durch Scheunen und Stuben, liessen sich fangen und einsperren, jubelten, sie seien die Vögtlin, des Grünhöselers Vögtin, und der dort sei Hansli fuul Lümpli, den Teufeln ihr Vogt. Andere schworen, sie wüssten ein Mittel, das ihre Hütten in Gold verwandeln und alle Katzen zum Reden bringen würde. Am Steig, der mitten in eine ihrer Hinrichtungen lief, wäre um ein Haar auf ihren Scheiterhaufen geraten. Er erteilte ihnen einen scharfen Verweis. Er drohte, sie im Wiederholungsfalle zu der Vögtlin zu sperren, worauf die Schelme für ein paar Tage im Dorfbild fehlten und nur noch in Hecken und Heuschobern anzutreffen waren.

Anfelisa, um Antworten auf all ihre Fragen bemüht, fand sich bald mehr, als es die Zubereitung der Gerichte erforderte, und öfter, als es sich schickte, in der Küche wieder, wo ihr Dinge zu Gehör kamen, die ihr ganzes bisheriges Denken und die für unangreifbar gehaltenen Ideale ihrer Ritterwelt ins Wanken brachten. Jetzt begann auch sie sich zu fragen, wen sie mehr fürchten solle: die Schöffen mit ihren unbändigen Mägen und ernsthaften Mienen, die sie oft so unerwartet in den Schatten der Korridore traf, oder diese grosse Taglöhnerin mit dem schönen Mund, dem festen, vielleicht zu dunklen Blick und ihrem stillen Kind. Stimmten die Gerüchte, beherbergte sie eine Verbrecherin, eine Zauberin, eine Hure Satans, wurde es Zeit, diese abzuurteilen. Wie leichtsinnig und gefährlich, sie noch länger auf dem Dachboden zu behalten. Anderseits wollte ihr oft scheinen, dieser Anna werde womöglich grösstes Unrecht getan. Wäre es so, würde es Zeit, dass sie, die Burgherrin Anfelisa von Aarburg, ihr zu Hilfe käme. In diesem Fall würden die zwölf sie wahrhaftig zu fürchten haben. Worauf sollte sie sich verlassen? Auf die erfahrenen, eigens ausgewählten und beredten Beamten aus dem ganzen Bistum oder auf ihr Gefühl?

Hemmann hatte ihr verboten, laut solche Fragen zu stellen. Doch eines Nachmittags näherten sich Anfelisa im Burggarten die Stimmen zweier Schöffen, die es zur Förderung der Verdauung nach Bewegung verlangte. Sie gingen nah an ihr vorüber, blieben aber hinter den Buchshecken verborgen. Die Sonne brannte, Anfelisa ruhte auf einer Bank in einem schattigen Winkel, den die Hecke mit der Mauer des Turmes bildete. Der bittere Geruch des Busches, den er an ungewöhnlich warmen Tagen verströmte und den sie besonders liebte, vermischte sich mit demjenigen der uralten ungemörtelten Mauersteine. Über ihr das dichte Rot der Blutbuche.

Unsere Kirchenfreiheit, beschwerte sich hinter dem Gebüsch die Stimme des einen Spaziergängers, ist in Gefahr, an Rom verkauft zu werden.

Jawohl, sagte der andere, doch es ist der Weg der Einheit.

Wir haben einer Ratte vertraut, sagte der andere. Hat uns verlassen und auf die Seite Roms gewechselt.

Die deutsche Christenheit ist zu radikal geworden.

Die Gegenpartei liess uns keine andere Wahl.

Ihr einstiger Hoffnungsträger hat es anders gesehen.

Weiss der Himmel. Auch gegen unsere Methoden zur Reinerhaltung des Glaubens zieht er jetzt vom Leder. Unterstellt unsereins öffentlich, wir litten unter Wahnvorstellungen. Die gelehrten Teufelstheorien prangert er als dichterische Erfindungen an.

Damit geht er nun allerdings zu weit. Nicht zu glauben, pervertit omnia iura, empörte sich der zweite.

Ihre Stimmen entfernten sich. Anfelisa stand auf, als wollte sie ihnen nacheilen. Irgendwo draussen in der Welt lebten Menschen, die laut sagten, was sie insgeheim dachte. Wahnvorstellungen, dichterische Erfindungen. Noch diese Nacht würde sie Hemmann zur Rede stellen. Seine Meinung wollte sie wissen. Nicht länger mit den unsäglichen Gerüchten leben, die sie und die Leute irre machten.

Sie lockte ihn nicht in ihre Kissen wie sonst, ihr Haar floss nicht in Wellen über ihren Rücken, und die schimmernden Schultern waren bekleidet. Sie stand mitten im Zimmer, im Nacken einen schweren Knoten, als Hemmann eintrat, und stellte ihre Fragen. Erschrokken, mit einem Blick zur Decke, wo Schritte, dann und wann ein Husten oder Schneuzen der Schöffen zu hören waren, drängte Hemmann sie zum Bett.

Er legte ihr die Hand auf den Mund, fuhr ihr mit der andern zum Nacken und löste ihr Haar. Er flüsterte: Woher in aller Welt hast du das? Sie erzählte ihm von der Begegnung im Garten, wieder bedeckte er mit der Hand ihre Lippen. Sie stürzten in die Kissen, Hemmann gab ihren Mund frei, doch nur, um ihn mit seinen Küssen erneut zu verschliessen. An ihrem Ohr gab er danach flüsternd zu, ihm scheine, der Mann habe recht. Etwas gepresst kam diese Antwort, aber unmissverständlich. Sein Atem, sein ganzer Körper glühte, er biss, sie schrie und lachte, wühlte in seinem Haar, packte ihn, warf ihn zur Seite und setzte sich auf ihn. Von den Zinnen der Jubel der Nachtigall, im Hof drunten das Plätschern des Brunnens, von der Schafweide am Burghang das Bimmeln und Grillengezirp. Am Fenster buntgefärbte feuchte Fäden, die Anfelisa zum Trocknen flattern liess.

Welcher Mann? Welchen von beiden meinst du, fragte sie und schob ihre Hand an sein Geschlecht.

Den, sagte Hemmann, der von ihren Theorien nichts hält, umfasste ihre Mitte mit beiden Händen und stöhnte glücklich.

Und, fragte sie, während sie ihn ritt, was sollen wir tun?

Lass mich nur machen, sagte er, sie warfen sich von neuem herum, Anfelisa hob ihm ihren Leib entgegen, er zog sie heran, schob ihr das Gewand übers Haar und schlüpfte in die zuckende Spalte ihres Tabernakels.

Sie seufzten, legten die Gesichter aneinander und liessen sich befreit treiben. Anfelisa dachte ans Meer.

Was wirst du tun, Liebster? fragte sie endlich.

Sie lagen nebeneinander und atmeten immer noch hörbar, die Fäden am Fenster wehten im Nachtwind. Ein Kauz rief, ein Schöffe wanderte unruhig über ihnen hin und her.

Schau, sagte Hemmann, ich bin ein einfacher Mann. Ich liebe die Jagd, meine Hunde und Pferde, dieses Haus. Aber aufs Disputieren verstehe ich mich nicht. Das musst du doch einsehen.

Du hältst sie für schuldig?

Ich bin nicht ihr Anwalt, Anfelisa. Ich kann nur sagen, mir gefällt es nicht.

Sie lebt unter deinem Dach, sagte sie und fuhr mit dem Finger über seinen Bauch. Sie hat sich hierher geflüchtet. Du bist, genau wie deine Vorgänger, die meine Ahnen waren, der Schutzherr aller Leute auf unserem Gebiet.

Anfelisa, über mich wacht das Bistum.

Sie hat auf deinen Schutz und deine Fürsprache Anrecht. So hat es unsere Familie, so lange sie herrschte, immer gehalten. Das Starke muss über das Schwache herrschen, das Bessere über das Schlechtere. Wer aber herrschen will, ist verantwortlich. Auch für sich selbst, seine Schwächen, seine Ängste, für das, was er tut und unterlässt. Sie setzte sich auf. Ich wünsche, Hemmann, sagte sie und blickte ihn an, dass du das nie vergisst. Wie schön du jetzt aussiehst!

Grosser Gott, Anfelisa, lass mir noch ein paar Tage Zeit. Er stand auf.

Diese Schöffen essen und trinken unsere Keller leer, empörte sie sich. Und das Schlimmste, sie schleichen durch unsere Gänge und Säle. Was suchen sie?

Still, flüsterte er und setzte sich wieder, ich glaube, sie misstrauen mir zutiefst.

Warum?

Ich teile ihre Ansichten nicht. Das nehmen sie mir übel. Um Gottes willen, sei vorsichtig, Anfelisa, beschwor er sie.

Hemmann, begann sie, ich …, und zögerte. Ich … begann sie noch einmal, ich habe die beiden selber fragen wollen.

Mein Gott, Anfelisa, du hast es nicht getan. Sag nein!

Um ehrlich zu sein, ich getraute mich nicht. Es ist eine Schande.

O Anfelisa, keineswegs. Sollen sie vielleicht wissen, dass du sie belauschst?

In den oberen Räumen warf am Steig sich indessen herum und bäumte sich im Schlaf auf. Nichts war von dem Nachtgespräch des Paares in sein Zimmer gedrungen. Vielmehr war ein wilder Bursche hinter ihm her, grinste mit spitzen Zähnen und befahl ihm, seinen schwarzen Hintern zu lecken.

Von Rifferswil hingegen fand sich in einer hübschen kleinen Laube wieder und kniete glückselig vor der Empfängerin seiner vielen Minnegesänge. Üppige Blüten- und Blätterranken wucherten über die Laube. Die verdunkelten den Ort so sehr, dass das Gesicht der Geliebten vollständig im Schatten lag. Er suchte sie ins Licht zu locken. Immer wieder. Vergeblich. Er zog und zerrte an den unheimlichen Gewächsen, um sie mit aller Kraft zur Seite zu schieben. Aber das Gesicht blieb im Dunkel, und kaum merklich trat auch die Frau mehr und mehr zurück in die Ranken und Blätter, bis sie ganz verschwunden war. Er wollte sie festhalten und sah sich bestürzt den Stamm eines dieser Klettersträucher umarmen. Dabei nahm er einen widerwärtigen Geruch wahr, der sich in der Laube auszubreiten begann. Und als er erwachte, waren es seine eigenen beschämenden Gase, die das Zimmer erfüllten. Wie kommt es, dass mir solcher Schwachsinn träumt? fragte er sich wie bei jedem Erwachen, ab morgen werde ich leichter essen auf die Nacht. Ihm fiel ein, dass er tagelang keinen einzigen Vers mehr geschrieben hatte. Vor lauter Protokollieren war ihm überhaupt nicht mehr ums Dichten, warf er sich abends statt dessen erschöpft und elend auf die Matratze.

Auch Senn hatte sein Nachtgesicht. Er lief und lief, um es einzuholen, kam aber nicht vom Fleck. Jedesmal wenn die Person sich umwandte, war es die Vögtlin, nackt wie die Venus, und er konnte sich kaum rühren, als hielte eine zähe Masse ihn zurück.

Die übrigen ruhten traumlos, wenigstens kam es ihnen so vor, sie lagen wie Steine und erwachten morgens nicht weniger erschöpft und missmutig, als sie zu Bett gegangen waren.

Im einstigen Festsaal nahmen die Verhöre ihren Lauf. Am Steig trieb die Schöffen an, den Prozess endlich voranzubringen. Er verabscheute diese Burg, wo sein Schlaf allnächtlich zu einem Handgemenge wurde, in dem er unterlag. Jeden Morgen schien ihm sein Haar, so sehr der Traum auch seine lustvolle Seite hatte, vom vielen Sträuben schütterer geworden. Es verlangte ihn dringend nach den Künsten seines Kammerherrn.

Was dieser Juni nicht koche, sagte am Steig daher zu den Schöffen, lasse auch der Juli ungebraten. Er forderte sie auf, sich nicht in Kleinigkeiten zu verlieren, denn es stünden weitere, einträglichere Mandate in Aussicht.

Er wusste, wovon er redete. Die Reinerhaltung des Glaubens in Ehren, aber nur davon, dass sie dem Antichrist ein paar abergläubische Seelen entrissen, hatten die Hüter des wahren und einzigen Glaubens nicht gelebt. Gut, es verschaffte Ansehen und Macht. Aber auf die Dauer sollte diese mühselige Befragerei auch ihre erkleckliche Seite haben. So wuchsen die Listen der Vergehen und wurden ausgetüftelter, die Beweise tükkischer. Und es gelang, ausser vertrottelter Habenichtse auch Bürgermeister, Wirtinnen, Beamtengattinnen zum Verhör aufzubieten. Deren Verfahren brachten eine höhere Ausbeute als etwa Annas Fall. Blühende Geschäfte standen bevor.

Die Inquisition war ein kunstvolles Drahtgeflecht, immer kühner in die Höhe gezogen und bald das Himmelslicht reflektierend, als wäre es sein eigenes. Geld- und Machtgier der Verfolger, Neid und Furcht der Verfolgten bauten daran. Es wuchs, wurde gross und mächtig. Wer hängen blieb, blieb hängen. Bald gerieten auch Zeugen und Spitzel in Verdacht, und es kam soweit, dass selbst viele Richter nicht mehr als unbescholten galten.

Dabei waren alle Angeklagten der festen Meinung, sie hätten nichts zu gestehen. Doch denen, die zu Gericht sassen, wollte so viel Lauterkeit nicht gefallen. Sie vermuteten Verlogenheit. Ihren einschlägigen Büchern konnten sie entnehmen, der Widersacher stecke dahinter. Er flüstere den Leuten Lügen über Lügen ein, um Gott von seinem Throne zu stürzen. Diese Schriften machten sie ausserdem gründlich mit den Regeln und Vorgehensweisen bekannt, die jedes erwünschte Geständnis erwirken konnten.

Waren die Schandtaten endlich gestanden, lagen die Verurteilten bald auf dem Schindanger, und es ging ans Rechnen. Detailgenau kamen Prozess, Verpflegung im Kerker, Anwalts- und Henkershonorare aufs Papier. Hatte das Urteil auf Tod durch Verbrennen gelautet, musste auch das Holz beglichen sein. Wer von den Hinterbliebenen nicht schon bettelarm war, wurde es jetzt. Haus und Hof, Werkstatt und Fahrhabe, Hühner und Äcker mussten verkauft werden, man trug die blosse Haut zum Markt, um die Summen aufzubringen, die Richter und Advokaten zu fordern beliebten.

Selbst den wenigen, die standhaft geblieben waren, oder jenen, denen Unsummen an Bestechungsgeldern und Anwaltshonoraren zu einem Freispruch verholfen hatten, blieben nach der Entlassung nur noch drei Dinge: das nackte Leben, ein entwürdigter Leib und eine gevierteilte Seele.

Anna stand jede Nacht an der schmalen Mauerlücke und stellte sich vor, sie könnte fliegen. Mit dem Kind übers Tal hinaus. Doch das Gericht hielt daran fest, dass sie die gesuchte Diebin war, obschon sich im Protokoll das Gegenteil abzeichnete, der leidende von Rifferswil ausschliesslich damit beschäftigt war, Seite um Seite seines Buches mit den enttäuschenden Antworten der Beklagten zu füllen.

Da die zweite Woche bald um war, wuchs die Ungeduld im Rittersaal, vereinzelte Schöffen forderten ein sofortiges Urteil, um der Sache endlich ein Ende zu machen. Am Steig hielt ihnen entgegen, daraus würde nichts, solange kein Geständnis vorhanden sei.

Aus seiner Sicht sei sie bereits verurteilt, sagte Zuber. Seinem Tonfall war anzumerken, wie stümperhaft ihm dieses Gericht vorkam.

Quod non est in actis, non est in mundo, entgegnete am Steig heftig, worauf der Protokollführer erschöpft übersetzte, was nicht in den Akten stehe, existiere nicht in dieser Welt. Es wurde daher beschlossen, das Geständnis mit verschärften Mitteln zu erzwingen. Anna sollte vorerst hungern. Als einzige Nahrung durfte ihr etwas gesalzenes Rauchfleisch und als einziger Trank ein Becher Wasser gebracht werden. Niemand hatte dagegen Einwand erhoben. Der gemässigte Rutschmann hatte bloss genickt und an sein Herz geschlagen. Hier, hatte er sich gesagt, fühle ich Mitleid für das Weib, hier aber, und dabei an seine Schläfe gegriffen, sagt es mir: Sie sind in der Überzahl. Willst du wegen einer Vagabundin deine Zukunft verlieren? Ah, du glaubst, es geht nur um dich? Aber was soll aus deiner Frau, deinen Kindern, deinen alten Eltern werden?

Hemmann war aufgestanden und erregt herumgegangen, schliesslich hatte er eine kleine robuste Steinschleuder von einem Regal mit ähnlichen Erwerbungen genommen. Was sollte er tun, was würde Anfelisa sagen? War es nicht an der Zeit, diese bittere Sache endlich zu beschleunigen, Annas Nahrung ein bisschen einzuschränken und dadurch weit Schlimmeres zu verhüten? Sie war klug und würde endlich einsehen, dass ihr und ihnen allen Entsetzliches bevorstand und einzig durch ein baldiges Geständnis noch abzuwenden war. Liebevoll hatte er Staub von der Schleuder geblasen, sie zurückgelegt und ebenfalls geschwiegen. Desgleichen fehlte Schmids Stimme, er war gerade ausgetreten.

Nachdem Anna den dritten Tag gehungert und gedürstet hatte, fuhr sie sich zu Beginn der erneuten Befragung mit geschwollener Zunge über die Lippen und sagte heiser: Mein ganzes Leben habt ihr mir verdreht, ich weiss nicht mehr, wer ich bin oder was ich war. Was müsst Ihr nur in Euren Köpfen haben, dass Ihr all diesen Dreck gegen mich ausbrüten könnt.

Die Angeklagte hatte ihr blühendes Aussehen verloren. Sie kämpfte sichtlich gegen einen grässlichen Durst und fühlte sich unglaublich erschöpft. Die Lippen waren gerissen, die Mundecken wund, dunkle Ringe, die vor einer Woche noch nicht zu sehen gewesen waren, lagen unter ihren nun glanzleeren, noch finsterer gewordenen Augen, grau spannte sich die Haut über dem Jochbein. Stumpf fiel ihr auch das Haar in die

Stirn, ein derber Gestank ging von ihr aus, und all dies erleichterte den Schöffen die Arbeit ungemein. Sie wünschten jetzt mit gutem Recht nur noch eines, sie aus den Augen zu haben.

Hemmann hustete und nahm einen tiefen Zug aus seinem zinnenen Becher. Es war so still, dass man ihn schlucken hörte. Anna konnte den Becher an den eigenen Lippen fühlen, und das Wasser, wie es in ihren Rachen rann. Auch das Schwatzen der Frauen in der fernen Küche und ihr ununterbrochenes Hantieren mit Kesseln und Töpfen, ihr Schlachten und Schleifen, ihr Schuften und Schlurfen drang bis hinauf zum Verhandlungstisch. Ein verheissungsvoller Duft stahl sich durch den Raum. Anna jedoch wurde schlecht. Papieren fuhr ihre Zunge über die sich häutenden Lippen.

Da fasste sich am Steig und erwiderte mit vorgetäuschter Geduld, Wort für Wort hervorhebend, als erkläre er einen schwer verständlichen Sachverhalt, Anna selbst habe durch ihre Verstocktheit alles noch verschlimmert. Durch ihre Widerspenstigkeit, durch ihr wiederholtes unverantwortbares Leugnen all der erkundigten und vorliegenden Indizien komme man nicht vom Fleck.

Sie sei eine der renitentesten Personen, die ihm je unter die Augen gekommen seien, ergänzte von Riffers-wil, ohne Einsicht, ohne eine Spur von Demut und Reue halte sie sie alle hin, vergeude ihre Zeit und strapaziere ihre Geduld und ihre Kräfte.

Kein Gewand kleide schöner als Demut, meinte Senn. Und es werde ihr das Heulen und Zähneklappern nicht erspart bleiben.

Es sei kaum zu glauben. Über zwei Wochen sässen sie hier fest, doppelte Schmidli nach, verursachten den verehrten Gastgebern Tag für Tag grenzenlose Ungemach, so dass andere, bedeutendere Fälle hintangestellt werden müssten. Bloss weil sie, Anna Vögtlin, immer noch nicht begreife, dass sie längst überführt sei und man nur noch der Bestätigung ihrerseits harre.

Anna überlief ein heftiges Zittern, diese Blicke waren alle so kalt. Sie leckte wieder die Lippen und schmeckte den salzigen Schweiss auf ihrer Haut. Dann stiess sie hervor, es gebe nichts zu bestätigen. Das schwöre sie beim Leben ihres Kindes. Darauf stürzte sie. Und noch während sie sank, umfing sie eine freundliche Helligkeit, schon wanderte sie auf einer breiten, unbekannten Strasse, daneben rauschte und glitzerte ein Strom, die Luft war ein einziges Gezwitscher. Am Ende der Strasse stand ihr gefallener Soldat, das Vogelbauer mit den Fähnchen und Giebeln am Rücken, und breitete die Arme für sie aus.

Hemmann liess aufgeregt nach Anfelisa rufen, und während Anna bewusstlos auf den Dachboden geschleift wurde, vertraten sich die Schöffen die Beine. Sie öffneten die Fenster, gingen sich Blase und Darm leeren und warteten, bis die Frauen auftischten, man sich zur Tafel begeben konnte. Sie waren guter Dinge, auf diesen Zusammenbruch hatten sie lange gewartet. Furcht und grosses Zittern, diese Zeichen der Schuld hatten sie seit Beginn der Verhöre bei der Angeklagten vermisst. Die stolze Haltung und der ungebrochene Widerstand Annas hatten sie zunächst irritiert. Dann aber, überzeugt, die gesuchte Diebin vor sich zu haben, deuteten sie ihr Leugnen als Zeichen von Gerissenheit und Prahlerei, eingeflötet vom Inkubus. Der jetzige Zusammenbruch war endlich die Bestätigung der Anklage, eine beachtliche Entwicklung. Doch ohne Geständnis kein Urteilsspruch.

Hemmann hatte Anna bis in ihr Gefängnis begleitet und sie dort den zwei Wachen überlassen. Tief bekümmert ging er die Treppe hinunter und zurück in den einstigen Festsaal. Wie lange war es her, dass dort Leiern und Flöten gespielt, die Gesellschaft gescherzt und gelärmt, die Mägde und Knechte Laden um Laden voller Köstlichkeiten hereingetragen hatten und Änneli, seine einzige Tochter, merkwürdig still und blass neben ihrem Mann an der Breitseite der Tafel gesessen hatte.

Hemmann war, als sähe er die Welt auf einmal neu. Als jemand, dem es bisher nicht gefehlt hatte an häuslichem Glück, dem durch Eheschliessung der Sprung in die besten Kreise gelungen, dessen Tochter überaus erfolgreich verheiratet war und dessen Ländereien so ergiebig waren, dass die Schulden, die darauf lasteten, ihn nicht zu bedrücken brauchten, war es ihm nie eingefallen, sich Rechenschaft zu geben über seine Lage. Er war solche Nachforschungen im Bereich der eigenen Befindlichkeit überhaupt nicht gewöhnt. Tausend beiseite gelegte Vorhaben und Vorsätze lagerten ja in diesen inneren Räumen. Die ständige Fragerei Anfelisas bedrängte ihn daher, woher sollte er eine Antwort haben.

Neuerdings litt er unter nächtlichen Schweissausbrüchen. Er fuhr nach kurzem Schlaf auf, und sein Bettzeug klebte. Eine merkwürdige Furcht packte ihn jeweils, doch war es nur der Kauz, der draussen rief, oder der Regen, der rauschte. Da griff er jedesmal zur Karaffe neben dem Bett, in der der rote, schwere Wein des letzten Sommers stand. Doch meist kam darauf der Traum, wartete er in der Dunkelheit vor seinem eigenen Tor und rief, man solle ihm öffnen. Doch niemand hörte ihn, niemand kam und machte auf. Einzig ein Greis spähte jedesmal weit oben aus dem Fenster und sagte: Dieses Haus ist hoch verschuldet. Was hast du hier noch zu suchen? Darauf erwachte er abermals, und die Gedanken fingen an, ihn zu jagen.

Er hatte schon frühzeitig geahnt, dass er gegen die zwölf vermehrt zu kämpfen haben würde. Die Untersuchung zielte in eine bedenkliche Richtung, und er, Hemmann von Reussegg, war vielleicht der einzige, der verhindern konnte, dass es zum Schlimmsten kam. Allein, war er nicht von Anfang an für Anna eingestanden, hatte er nicht bestritten, dass jemand irgendein Interesse daran haben könne, eine Hostie zu stehlen? Hatte er nicht ersucht, den Teufel draussen zu lassen bei der Verhandlung? Doch was hatte es geholfen? Es blieb ihm nur noch, alles daran zu setzen, dass die Folter ausgeschlossen würde.

Er war ein kleiner Landadeliger auf einer verpfändeten Burg, gewiss, aber dank seiner Frau war er zu Ansehen und Titel gekommen, und dank ihrer Geduld hatte er sogar ganz ordentlich schreiben gelernt. Ihm schien, er habe eine glänzende Stellung unter seinesgleichen, und an dieser hing er wie an seinen Schätzen und seinen Schutzbefohlenen.

Er war es, der die Streitereien unter Leibeigenen und Vasallen schlichtete. Er war es, der ihnen in Hungerzeiten seine Kornkammern und Butterfässer öffnete. An Martini, wenn sie von überall her die Zehnten brachten, müde und durstig waren vom langen Laufen, stach er für sie den neuen Wein an und liess zum Abschluss des Erntejahrs ein gewaltiges Feuer entfachen. Etliche Mütt

Korn wurden zu Festbroten verbacken und die fettesten Gänse gerupft, gebraten und bis auf die Knochen abgenagt. War je ein Gefecht, eine Belagerung, ein Aufstand angesagt gewesen, hatte Hemmann sich, der Familientradition seiner Frau gehorchend, nur beteiligt, um Leute und Besitztümer zu verteidigen.

Die Schöffen hatten ihn sehr wohl ernst zu nehmen. Oder hatte die Schutzmacht eines Landadligen gegenüber dem Bistum nichts zu bedeuten? Mit kräftiger Stimme und festem Blick würde er vor sie treten, sagte er sich, und das Versprechen halten, das er Anfelisa gegeben hatte, diese Anna zu retten. Er durfte jetzt einfach nicht daran denken, wie oft er befürchtete, sie sässen demnächst über ihn zu Gericht.

Als Hemmann zu Tisch kam, hatten seine Gäste bereits gebetet und zu essen angefangen. Ihm war, als hätten sie über ihn gesprochen, schöben ihm die Schuld daran zu, dass dieser Fall, aus dem weder Geld noch Ruhm zu schlagen waren, sie so lange hinhalten konnte. Zwölf Tage, hatten sie vorausgesagt, würde es dauern. Bald würden es doppelt so viele sein.

Auf der Tafel standen mehrere Schüsseln mit Entenragout. Hemmann hatte die Männer tags zuvor zu einem Landvergnügen mit Entenjagd eingeladen. Die Vögel waren von den meisten Herren jedoch ziemlich lustlos vom Himmel geholt worden, bald ritt man wieder zurück und warf die Beute den Köchinnen in den Schoss.

Sogleich waren die Tiere gerupft, in Stücke zerlegt, gewaschen und im heissen Wasser geschwellt worden. Am nächsten Morgen brieten ihre Schenkel und Brüstchen im Kessel über der Feuerstelle, bis das Fett verzischt, ihre Haut gleichmässig braun und knusprig war, sie mit Rindsbrühe abgelöscht werden konnten und langsam zu garen anfingen. Anfelisa war selbst in die Küche gegangen, damit die Frauen, in deren Hütten noch nie eine Ente verzehrt worden war, es sei denn, man hätte gewildert, mit Pfeffer, Ingwer, Muskatblüten und Nelken nicht etwa knauserten. Denn schon in die Brühe gehörte ein gewaltiger Strauss Salbeiblätter, Petersilie, Ysop, Majoran und Suppenkraut, danach ein Becher Zucker zum Mildern, so dass am Ende eine pikante Gewürzesinfonie aus der Pfanne kam und das fette Federvieh, das sich gestern noch so trügerisch im Teich gespiegelt hatte, möglichst nicht geschmeckt, noch weniger gerochen werden würde. Dazu wurde frischer Löwenzahn kredenzt, auf einer andern Platte geräuchter Aal im Spargelbett. Seit dem Gespräch im Garten hatte Anfelisa sich zwar des öftern überlegt, ob sie diesen Schöffen mit der erlesenen Kost, den schmackhaften Gewürzen und Konfekten das Leben auf der Burg nicht zu angenehm mache. Doch es entsprach nun mal den Idealen der Gastfreundschaft, und an diesen mass sie, wie jede Hausfrau, ihr Können.

Die Männer langten heute besonders wacker zu, mit den Fingern direkt in die Schüsseln, wie es die Sitte erlaubte. Mit Hilfe der Messer zerkleinerten sie die Stücke auf ihren Tellern und schoben sie zwischen die Zähne. Mit dem Löffel reichten sie etwas Sauce nach.

Am Steig war gerade dabei, die Vorteile der Folter zu erläutern. Durch die kräftigenden Kräuter, durch Aal und Ente fühlte er sich gestärkt und beschwingt. Gepflegt sprach er ausschliesslich von der „Tortur". Er tunkte ein Stück Brot in eine der Schüsseln und erklärte, dass sie erfahrungsgemäss von allen Methoden die bewährteste sei. Ihr wohne die grösste Beweiskraft inne.

Schmid wandte ein, ihm scheine, das werde ein grosses Unrecht.

Senn holte Atem, wühlte mit der Zunge in den Zähnen und sagte darauf: Besser sie erleiden Unrecht als sie tun Unrecht.

Hemmann setzte sich bestürzt dazu. Das Essen rührte er nicht an.

Ob die Frau, wenn trotz Folter kein Geständnis komme, endlich gehen könne? fragte Schmid.

Der modus observandus, das übliche Vorgehen, entgegnete am Steig, erlaube in solchen Fällen die Steigerung der Torturen auf drei Grade. Darauf nahm er einen Schluck Wein und wischte sich den Mund.

Schmid wandte ein, so einfach gehe es nicht. Für eine Steigerung um ein oder zwei Grade bedürfe es einer Begutachtung des Falls durch eine nächsthöhere Instanz.

Wovor uns das Schicksal bewahre, fiel Zuber ein, der schon zum zweitenmal nach dem Aal stach.

Und von Rifferswil, an Blähungen leidend, meinte, jede Einmischung höherer, gar kaiserlicher Stellen, so zeige die Erfahrung, verschaffe den Angeklagten zusätzliche Widerstandskräfte.

Und dem Verfahren drohe weitere Verschleppung, warf Schmidli ein.

Murgarter wiederholte darauf schüchtern: Wovor uns das Schicksal bewahre.

Senn zitierte: Je mehr Gesetz, je mehr Geschwätz, und förderte zwischen den Zähnen ein verklebtes, vollständig verkochtes Daunenfederchen zutage.

Es müsse also ein Vorgehen gefunden werden, so von Rifferswil entkräftet, diese Hagelsiederin soweit zu läutern, dass es schon beim ersten Grad zu dem längst fälligen Geständnis komme.

Hier wandte am Steig ein, da es sich um ein Verbrechen gegen die himmlische Majestät handle, gelte es de jure als sogenanntes crimum exceptum. Man müsse sich in solchen Fällen nicht an die üblichen Prozessregeln halten. Mit einer Einmischung von oben sei daher nicht zu rechnen.

Hemmann, der immer noch keine der Speisen angerührt hatte, räusperte sich, stand auf und erklärte, in seinem Haus erlaube er keine Folter. Er habe der Gefangenen Schutz für Leib und Leben versprochen.

Ob Hemmann, kam darauf die Frage, vom Verwirrer und Versucher schon derart eingenommen sei, dass er die Volksrichter beim Finden der Wahrheit behindern wolle.

Hemmann erschrak, sagte aber, es bleibe dabei, wie immer sie darüber dächten. Seine Augen schweiften unruhig umher. Er vermied es, sie lange auf einen der Männer zu richten, stellte aber dennoch die Frage: Was wäre, wenn sie trotz allem die Wahrheit sagt?

Jetzt erhoben sich auch die übrigen Anwesenden, ausser Schmid, und redeten auf Hemmann ein. Von Rifferswil flehte um Ruhe, und Rutschmann, der lange nichts gesagt, dafür aber nachgedacht hatte, meinte: In diesem Fall, so glaube ich fest, würde Gott eine Verurteilung niemals zulassen.

Senn nickte zustimmend, der Herr kenne die Seinen.

Was veranlasst Euch, an Gottes Gerechtigkeit zu zweifeln, mein Freund? fragte am Steig liebenswürdig wie immer.

Wo Gewalt regiert, stiess Schmid heftig auffahrend seinen Stuhl nach hinten, geht das Recht an Krükken.

Am Steig hielt dem mit Bestimmtheit entgegen: Ich kann Euch versichern, wir werden rechtens und nach Vorschrift, ganz ohne List handeln. Niemand wird uns irgendeinen Formfehler, irgendeine Verletzung der geltenden Regeln vorhalten können.

Wie sehen letztlich unsere Beweise aus? fragte Hemmann.

Sind wir am Ende im Haus eines Ungläubigen? empörte sich Zuber, und Senn nickte.

Die Tortur, erklärte Schmidli, ist ja gerade der letztgültige Beweis. Widersteht sie, ist sie unschuldig.

Glaubt Ihr? Meyer setzte sich als erster wieder, brach ein Entenbein entzwei, saugte das Mark heraus, und während auch die übrige Tischgesellschaft sich von neuem niederliess, fuhr er fort, indem er wie gewohnt seinen Rücken straffte: Ist nicht dann erst der Beweis erbracht, dass der Böse sie ganz und gar besitzt, wenn sich ihr auch durch die Tortur nichts entlocken lässt?

Richtig, sagte am Steig, sehr richtig, aus demselben Grund dient zum Schluss das Feuer gewissermassen als ultima ratio, als letzter, endgültiger Beweis.

Zuvor aber muss sie die Möglichkeit haben zu appellieren, wandte Schmid ein.

Wie ich schon sagte, entgegnete am Steig, wir haben es mit einem crimum exceptum zu tun.

Was wollt Ihr damit sagen? fragte Hemmann.

Am Steig präzisierte: Keine Appellationsmöglichkeiten.

Die Mehrzahl der Männer nickte ihm bekräftigend zu, während die Frauen hereinkamen, mit den Wasserschüsseln die Runde machten und sich jeder die Saucen- und Fettspuren von den Händen wusch.

Hemmann stellte sich wie so oft ans geöffnete Fenster, um sich zu sammeln. Schmid gesellte sich neben ihn, und gemeinsam betrachteten sie den heranreifenden Sommer.

Schmid sagte: Diese Frau dauert mich. Aber was können wir noch tun?

Hemmann antwortete: Ich verstehe diesen Eifer nicht. Was hat sie ihnen getan?

Sorgt Euch nicht, trat am Steig in diesem Augenblick hinter die beiden, ohne unterzeichnetes Geständnis wird der Frau weiter nichts geschehen.

Geständnis. Unterzeichnet. Bei der Folter scheint mir das kein hinreichendes Papier, fuhr Schmid herum.

Die Frau geniesst meinen Schutz. Ich werde es nicht zulassen, bekräftigte Hemmann.

Ihr seid ein guter Mensch, Herr von Reussegg. Meinen Respekt. Aber vergesst nicht, es gibt eine höhere

Macht, mischte Senn sich ein. Und bedenkt ferner, sagte am Steig, während er in einer der kleinen Glasscheiben sein Spiegelbild suchte, das Bistum hat drüben bei Kastelen bereits zahllose Erhörungen und Heilungen zu verzeichnen. Die Pilgerströme wachsen Tag für Tag.

Das ganze Reich, sagte Senn, ist unterwegs zum Ort des Schweinewunders.

Ich habe davon gehört, sagte Hemmann leise.

Seid Ihr Euch im klaren, verehrter Herr von Reussegg, was all dies für unsere heutige Kirche in ihrem desolaten Zerwürfnis bedeutet? rief am Steig.

Es kann ihr nichts Besseres zustossen, versicherte einer.

Ein wahrhaftiges Zeichen, sagte ein anderer.

Wir können jetzt nicht kommen und behaupten, es habe keinen Hostienraub gegeben, sagte am Steig voller Überzeugung.

Wie stünden wir da, bekräftigte die Runde.

Senn ereiferte sich: Und steht nicht geschrieben: Er rief die zwölf zusammen und gab ihnen Kraft und Vollmacht über alle Dämonen? Also prüfet, was des Allmächtigen Wille ist.

Meyer gab zu bedenken, dass, so viel er gehört habe, bald auch Ablässe verkauft würden im Hinterland.

Die Leute glauben wieder, Herrgott nochmal, rief am Steig.

Mit Wundern allein kann die Kirche nicht überleben, wandte Hemmann ein und schloss das Fenster.

Vorsicht, mein lieber Herr von Reussegg, sagte am Steig, Ihr sprecht von der Politik. Wir aber stehen an der Front. Wir sind die Soldaten Gottes und dienen ihm in Demut und Gehorsam.

Da kamen die Frauen wieder herein und brachten zur Freude der Tafelnden verschiedene Kompotte, Käse und Konfekt.

Alles deutet darauf, raunte Schmid Hemmann zu, dass die Vögtlin hingerichtet werden soll. In der Tat, diese Bande macht mir Angst. Ich reise noch heute ab.

Pfyffer, der jüngste der Schöffen und Wächter bei Anna, trat ein und bat Hemmann, mit ihm zu kommen. Sie entfernten sich schnell.

In ihrem Kerker war Anna nach ein paar kalten Wassergüssen wieder zu sich gekommen. Anfelisa, die mit ihrer vertrautesten Magd herbeigeeilt war, hatten die Wachen verboten einzutreten. So fand sich die Gefangene nur diesen beiden Knechten des Gesetzes gegenüber, von denen der eine mit ihr umging, als wäre sie die Schlange am Baum der Erkenntnis. Pfyffer hingegen war anzusehen, dass er sich für den Wasserguss zu gern entschuldigt hätte. Anna leckte rasch ein paar Spritzer von den Lippen und bat den Jungen um einen Becher.

Sogleich ging er, schöpfte Wasser und wollte es ihr bringen. Er war es auch gewesen, der Siegberta während der Stunden, da er Wache zu stehen hatte, einen ganzen Vogelschwarm geschnitzt hatte mit Flügeln und Schnäbeln, die sie auf- und zuklappen konnte. Sie hatte ihm dafür Rätsel aufgegeben. Welches Schloss ist so klein und passt in jede Faust hinein? Welches Bein kommt allein und nie zu zwein? Und wer ist das: Älter als die Welt, von keinem je gesehen, einmal kommt sie, einmal geht sie, manchmal fliegt sie, und jeder kennt sie?

Der andere schlug Pfyffer den Becher flink aus der Hand, und das Wasser sickerte zwischen die Ritzen und Spalten des Bodens.

Aber dem Kind müsst ihr geben, beharrte Anna und sah sich nach Siegberta um. Wo war sie? Sie stand auf und taumelte zum Lager.

Im Strohsack war niemand. Sie lauschte in die Weite des Dachraums. Doch da regte sich nichts, kein Laut, kein heimliches Kichern, kein Tappen von Zehen in einem der dunkleren Winkel.

Spielst du wieder „unsichtbar“? rief Anna. Komm, mein Mädchen, mein Butterblümchen, komm hervor. Lass dich sehen.

Nichts.

Wo ist mein Kind, schrie sie, fing an, auf dem Dachboden herumzulaufen, spähte in Ecken und Nischen, zerriss den Laubsack, schüttete den Inhalt so heftig heraus, dass die Männer husteten. Nichts. Sie schluchzte auf, ein rauher tierischer Laut.

Die Männer, verlegen bis ins Herz, schwiegen.

Wer hat sie geholt? Wohin hat man sie gebracht? Wohin? Redet. Sie ging mit Fausthieben auf die beiden los.

Der Ältere raunte dem Jungen etwas zu, und der ging hinaus. Bis Hemmann kam, lief Anna in dem riesigen Dachraum hin und her und schrie, man solle ihr das Kind wiedergeben. Nie und niemandem habe sie die Erlaubnis gegeben, es fortzubringen. Sie wollte durch die Tür. Doch da stand breitbeinig Fischer, der Wächter, mit seinem gewaltigen Bauch und lachte vor Pein und Bange.

Als Hemmann eintrat, hatte sie ihr Haar aufgezerrt, riss an ihren Kleidern, lief immer noch wie gejagt dem Gebälk entlang.

Er erschrak. Sie so zu sehen. Diese einst so schöne Frau aufgelöst, ihr ganze Erscheinung Verzweiflung, Zorn und Angst.

Das Kind habe in Gewahrsam genommen werden müssen. Es wäre gefährdet gewesen am Leib und an der Seele, hätte man es länger hier eingesperrt. Er wollte sie anfassen, beruhigen. Wollte reden, das hier auf seinem Dachboden war ja nicht auszuhalten.

Nicht anfassen, schrie Anna. Ihr habt mir Schutz versprochen, mir und dem Kind. Gebt es mir wieder. Ich sage Euch, gebt mir mein Kind.

Sie solle sich beruhigen, solle ihm zuhören. Es werde jetzt sehr schwierig werden. Sie brauche sehr bald viel Kraft. Für das Kind aber sei das kein Leben hier. Nimm dich zusammen, sagte er. Und leiser: Ich glaube, ich kann sonst nichts für dich tun.

Ihr habt mir geraten, die Wahrheit zu sagen. Und ich habe sie gesagt. Verraten habt Ihr mich, verkauft habt Ihr mich. Wieviel war es Euch wert? Hättet Ihr mich damals bloss ziehen lassen! Statt dessen habt Ihr mich ausgeliefert. Ein trefflicher Schutz, mein Gott. Leicht habt Ihr es diesen Henkern gemacht, überaus leicht. Lügner, sagte sie und spuckte ihm ins Gesicht. Heute abend, drohte sie dem Hinauseilenden, halte ich mein Kind in den Armen. Sonst sieh dich vor. Sieh dich vor.

Anna schrie weiter nach ihrer Tochter, dass es durch die Gänge und Treppen gellte, bis in den Hof, bis in den Burggarten, wo die Rosen zauberisch dufteten. Es gellte die steile Strasse hinunter ins Dorf, und wieder sagten die Leute: Hört ihr's? Da ist sie wieder. Die Kinder unterbrachen Arbeit und Spiel und schauten furchtsam in die Höhe.

Quer durch das Tal gellte der Schrei, durch die Wälder und über die stillen Teiche mit ihren schwimmenden Blüten, hinaus aus dem Tal, hinüber ins Sumpfland, am Aschehaufen von Annas Hütte vorbei bis hinauf in Huldas Stallungen. Dort war Johann dabei, einen Pferderücken trockenzureiben. Etwas zwang ihn, mitten in der Bewegung innezuhalten und zu horchen. Anna. Seit sie fortgegangen war, hatte er sich gefragt, was aus ihr geworden sei. Hörte er von den Gerüchten, die über sie herumgeboten wurden, zog er verächtlich Rotz hoch, spuckte zu Boden und richtete den Blick über die Köpfe der Leute hinweg ins Weite. Er hatte es sich angewöhnt, nach der grossgewachsenen Frau Ausschau zu halten, und wusste wohl, dass es vergeblich war. Bald hatte ihn auch die kleine Margret, die seine Aufmerksamkeit suchte, wann immer eine Gelegenheit da war, nicht mehr getröstet. Er war in dieselbe Verfassung zurückgefallen wie damals, als Teresa starb.

Dieser Schrei galt ihm, ohne Zweifel. Er schmiss Striegel und Bürste in eine Ecke, warf dem verdutzten Pferd eine Decke über, sprang auf ein anderes und sprengte den Burghang hinab. Noch in derselben Nacht erreichte er die Burg im Surental.

Anfelisa hatte schon früh jeden Hof, jede Hütte der Grafschaft gekannt. War mit Vater und Brüdern oft über die Güter geritten. Heute stand sie Pate, wenn die Leute ihre Kinder tauften, sah zum Rechten, wenn sie krank wurden, und starb jemand, kam sie, nahm Abschied und bezahlte, wo kein Geld war, die Bestattung.

In diesen schwierigen Tagen, als nicht mehr zu übersehen war, wie sehr ihr Mann vor den Schöffen innerlich zitterte, war auch Anfelisa nach wie vor unschlüssig, auf wessen Seite sie stand.

Im Bistum hatte es schon ähnliche Fälle gegeben. Doch hatten stets Seen und Wälder und immer wieder Berge zwischen ihr und all den Ereignissen gelegen. Erst das Geschehen hier war nah, beunruhigend nah. Diese Anna war eine Frau wie sie, wie die Mägde und Dorffrauen. War es nicht lächerlich, dass sie Hagel machen und den Leuten das bare Unglück anwünschen sollte? Anderseits wollte Anfelisa manchmal scheinen, an all den Gerüchten und Geschichten über Anna könne nicht alles erlogen sein. Seit zwei Wochen traten zwölf gelehrte, vom Bistum ausgewählte Volksrichter beinah Tag für Tag zusammen. Sie zeigten sich durchwegs als höfliche, teils in sich gekehrte, teils offene Leute, die nicht vergassen, das Essen zu rühmen, nach ihrem, der Burgherrin, Befinden zu fragen. Am Steig hat sogar meine Stickerei gewürdigt, mein Geschick bestaunt, sagte sich Anfelisa. Warum in aller Welt sollten diese Männer nicht in der Lage sein, zu einem richtigen Urteil zu kommen? Sie konnten nicht alle verrückt sein. Waren sie doch auf Grund von Befragungen mehrerer

Augenzeugen zu ihrer Meinung gekommen. Wie unwahrscheinlich, dass diese Augenzeugen alles erfunden hatten.

Doch warum darf ich mich nicht mit an den Verhandlungstisch setzen, mich einmischen? Warum muss ich mich mit diesem täglichen, doch im Grunde recht unverbindlichen und einförmigen Austausch von Höflichkeiten zufrieden geben? Ihre Mienen sind doch, bei aller Freundlichkeit, zumeist kalt wie Steingemäuer.

Anfelisa war an den ihr zustehenden und, wie sie glaubte, geschuldeten Respekt seit langem gewöhnt. Doch sollten sie mich denn nicht auch zum Prozess, dachte sie, im eigenen Festsaal zulassen?

Sie hatte früh gelernt, zu sagen und zu tun, was sie für richtig hielt. Die von Aarburgs waren nie als Krieger hervorgetreten, vielmehr hatten sie Reichtum und Ruhm als Gesandte und Vermittler des Hauses Habsburg erworben. Von ihrer diplomatischen Klugheit und ihrem Anstand hatten sich selbst die Baumfäller und Geröllschieber von Morgarten einnehmen lassen, und die damals begründete Freundschaft dauerte fort. Ihr war es zu danken gewesen, dass der Sitz im Surental unangetastet blieb, als rundherum die Habsburger Günstlinge aus ihren Burgen verjagt worden waren. Aber weder die Treue zu Habsburg noch die Freundschaft mit den Aufständischen hatte den übrigen Adel je davon abgehalten, der Familie die Ehre zu erweisen. Die nobelsten Häuser waren an Ännelis Hochzeitsfeier vertreten gewesen, sogar die von Hallwils oder Reugolde von Luternau, geborene Schnarchtal, die als besonders wählerisch galt. Man war sich einig, die von Aarburgs stellten ein Geschlecht mit wertvollen Beziehungen dar. Anfelisa waren daher Benehmen und Wortwahl unterschiedlichster Leute von Kindheit an vertraut. Sie glaubte zu wissen, wie sie sich gegenüber einem am Steig oder von Rifferswil, Zuber oder Senn zu verhalten hatte.

Doch jetzt war sie in den wohlbekannten Räumen fremd geworden. Und auch die Menschen, mit denen sie schon so lange zusammenlebte, sah sie verändert. Seit Tagen fühlte sie sich unbehaglich und steif, unruhig, unfrei, war sicher, heimlich beobachtet zu werden. Dabei lauerte auch sie, sich selber dabei hassend, hinter den Hecken, um zu erfahren, was vorging in ihrem Haus. Obwohl sie an Durchzug und feuchte Mauern gewöhnt war, litt sie unter einem neuen, unguten Wind, der ihr ständig hinterher strich und sie kühlte bis ins Mark. Kaum setzte sie sich zum Essen oder legte sich hin, machte er die Speisen ungeniessbar, den erholsamen Schlaf unmöglich. Schliesslich, als ob er ein Gift mit sich bringe, wurde sie reizbar, brauste wegen jeder Kleinigkeit, wie ihr schien, auf.

Dann fühlte sie sich von neuem heftig zu Anna gezogen. Selbst wenn es so war, wie die Gerüchte behaupteten, diese Vögtlin völlig frei und frech zu leben verstanden hatte, sogar mit dem Herrn der Finsternis auf du und du stand, statt ihn zu meiden, was ihr Macht und besondere Kräfte verlieh, bewunderte und beneidete Anfelisa sie gerade darum. Sie stellte sich Annas Leben besonders reizvoll vor. Wie oft hätte sie schon gerne das Haupttor hinter sich zugeschlagen, ihren Rappen nach Süden gejagt, wo jenseits der Ringmauer der Alpen das unendliche Meer mit den Schiffen spielen soll, als wären es Fingerhüte. Als Burgfrau war sie jedoch zu Verantwortlichkeit verpflichtet. Und in Fällen wie Annas auch zu Barmherzigkeit. Sogar wenn diese Frau, entgegen all ihrem, Anfelisas, Gespür, eine Verbrecherin wäre.

Doch erstaunlich: Von den zwölf Volksrichtern schien keiner der Barmherzigkeit Bedeutung beizumessen. Und niemand klagte sie bei ihnen ein.

Ihren Mann hatte Anfelisa schon mehr als eine Nacht nicht mehr herbeigerufen. Statt dessen sass sie wieder vermehrt in ihrer Nähkammer, liess, da sie ununterbrochen fröstelte, Scheit um Scheit verbrennen, beugte sich mit fliegenden Fingern über ihre Teppiche und schuf erneut ihre Gärten, um darin Gedanken, Fragen und Wut zu begraben. Seit die Eingesperrte angefangen hatte zu rufen, stichelte Anfelisa fast pausenlos, zerstach sich die Fingerbeeren und zerbrach Dutzende von Nadeln. Wie welke Blüten lagen eingetrocknete Blutstropfen in den kunstvollen Beeten. Oft, wenn sie kurz aufschaute, um an den Fingern zu saugen, betrachtete sie die Sieben Schlüssel zum Himmel, kleine Glasgemälde, die seit ihrer Kindheit an den Fenstern ihrer Kammer hingen. Schloss sie die Augen, drangen die Bilder unter ihre Lider, und immer noch gelang es, Linien und Farbtupfer, sogar die einzelnen Ausrutscher der unbekannten Hand deutlich zu sehen. Jede Einzelheit der Sieben Schlüssel zum Himmel hatte sich ihr mit den Jahren eingeprägt. Sie stellten die sieben Werke der Barmherzigkeit dar. Und da ohne Not kein Erbarmen ist, lag es in der Natur der Sache, von den ungezählten Notlagen der Menschen wenigstens deren sieben abzubilden. Es gab mehr Leiden in der Welt als Barmherzigkeit. Besonders der siebte dieser Schlüssel zum Himmel zwang Anfelisa immer von neuem hinzuschauen.

Ein Mensch, halb sass, halb lag er am Boden, lehnte den Rücken gegen einen Turm. Seine Hände waren nach hinten gebunden. Neben ihm stand jemand. Trug ein rechtschaffenes Hütchen mit Feder und sah auf den Gestrauchelten hinab. „Ich war gefangen und ihr habet mich getröstet“, war am untern Bildrand hingekritzelt. Seit sie denken konnte, hatte sie sich gefragt, was sie, läge sie wie jener in Ketten, trösten könnte, wenn nicht die Freiheit. Doch wer immer da bei ihm stand, hatte nicht die Absicht, den Gefesselten aus seiner Lage zu befreien. Um sich den Himmel zu erschliessen, schien es zu genügen, Trost zu bringen. Aber derart Gebundenen konnte doch nur eines wirklich Trost bedeuten, endlich gehen zu können, wohin es ihnen gefiel.

Stunde um Stunde hörte sie die Unglückliche rufen: Ich will mein Kind. Anfelisa, ratlos, stopfte Wachskugeln in die Ohren. Doch sie hörte das Klagen durch das Wachs hindurch, bis es echote aus dem Paradies unter ihren Nadeln, wo ihre eigene Wut und ihr ganzes Entsetzen gefangen waren. Und einmal warf sie endlich Wolle, Leinen und Nadeln hin, riss die Pfropfen aus den Ohren und rannte treppauf.

Oben herrschte sie die Wächter an, ihr zu öffnen, und die zerrten baff, mit offenen Mündern an den Riegeln. Unvermittelt stand Anfelisa der misshandelten Frau gegenüber, erkannte sie kaum wieder. Blass und mitgenommen, die Lippen blutig, die Augen flackernd, die Kleider besudelt und zerwühlt, sass sie in einem dunklen Haarteich. Eine Frau war dabei, die Gefangene zu scheren, um ihr, wie sie befohlen hatten, auch die letzte Kraft zu nehmen, die den Menschen am Leben hält. Die Frau erfüllte ihre Aufgabe murrend, zerrte lieblos den Kopf Annas herum, hatte mehrmals die empfindsame Haut schon verletzt.

Gib doch acht, herrschte Anfelisa sie an. Geh weg, lass mich machen. Sie ergriff das Messer und stellte sich hinter Anna. Noch bevor sie anfing, fiel ihr ein: Was tust du? Woher nimmst du das Recht, diese Frau zu demütigen?

Gebt mir mein Kind, fauchte Anna, das Zögern der hohen Frau nutzend.

Es ist in Sicherheit, sagte Anfelisa vage. In Wirklichkeit hatte sie keine Ahnung, wo es sich befand, hatte bloss gehört, man wolle es zu Bauersleuten geben. Man hatte auch die Mägde gefragt, ob eine bereit wäre, das Kind zu nehmen. Aber keine, hatte es geheissen, wollte dieses Kind, das die Hagelsiederin ja vom Teufel habe, anfassen oder gar ins Haus nehmen. Warum, fiel ihr erst jetzt ein, hatte sie nie nach seinem Verbleib gefragt?

Ich werde mich darum kümmern, sagte sie.

Lügnerin, zischte Anna. Heuchlerin.

Beruhige dich, sagte Anfelisa und fasste mit zitternden Fingern ein Büschel Haar.

Ich sage ihm manchmal Täubchen, manchmal Butterblümchen, sagte Anna unvermittelt voller Zärtlichkeit. Ihr Vater wollte einen Bub, einen Siegfried. Ich, hohe Frau, ich wollte eine Berta. Sie lächelte.

Anfelisa liess das Haar abermals fahren. Sie fror.

Nur zu. Fahrt fort. Noch nie ein Schaf geschoren, wie? höhnte Anna wieder.

Stimmt, sagte Anfelisa, noch nie.

Eure Magd, die versteht sich aufs Vieh.

Es tut mir leid, verzeih.

Nur zu. Wollt Ihr mich etwa so, halb geschoren, halb mit Haaren, vors Jüngste Gericht lassen? Sie lachte, die Lippenhaut riss ein.

Ich kann es nicht.

Ihr müsst.

Verzeih mir, Anna, verzeih.

Und mein Kind?

In Sicherheit. Es ist in Sicherheit.

Wieder ergriff Anfelisa eine Strähne. Genauso hatte sie Ännelis feines Haar in den Händen gehabt, um es zu kämmen, zu bändigen und zur Hochzeit um den zarten Kopf zu flechten. Nochmals entglitt die Strähne ihren zitternden Fingern.

Wovon redet Ihr denn, hohe Frau? Mauern, Balken. Ist das Eure Sicherheit? Anna lachte. Nichts von all dem wird stehen bleiben. Nichts. Aber nun fangt an, fangt endlich an.

Anna, es tut mir leid.

Fangt an jetzt, und dann lasst mich allein. Oder nein, geht, geht, macht Euch auf, mein Kind zu suchen. Ich mag Euer Gejammer nicht leiden.

Ich bin gekommen, um dich zu trösten, sagte Anfelisa leise.

Ja, ja, gewiss. Aber vermögt Ihr's denn? Habt Ihr Kinder? Und wer, hohe Frau, tröstet Euch? Eure schönen Hände sind zerstochen, Ihr blutet.

Anna, ich glaube dir.

Ihr seid ja fahl wie der Tod. Anna lachte furchtbar, Anfelisa schnitt sich tief in die Hand.

Dann, plötzlich ernst, fragte Anna: Sorgt Ihr für mein Kind?

Gewiss.

Wie eine Mutter?

Gewiss.

Anna lachte noch furchtbarer: Das möchte ich sehen. Das Kind einer Hagelsiederin in Eurer Obhut! Und jetzt raus mit Euch, raus. Sie stand schroff auf. Anfelisa stolperte rückwärts zur Tür. Anna packte sie und presste ihr in einem plötzlichen wilden Schmerz die rissigen Lippen auf den Mund. Bring mich fort! Bring mich zu ihm! Anfelisa floh, zerschnitt sich dabei wieder die Finger und drückte das Messer der Magd in die Hand, die sich Anna in den Weg stellte, während die hohe Frau die Treppen hinunterrannte in den Hof und dort gerade rechtzeitig eintraf, um zu sehen, wie ein Seil, mehrere Steine von unterschiedlichem Gewicht, Zangen und eine Kette zuhanden des Gerichts abgegeben wurden. Sie blieb stehen, wich zurück, wollte kehrt machen, um Hemmann zu suchen. Sie musste wissen, was vorging.

Dabei stolperte sie über am Steigs Schuhe, der sich lautlos hinter sie gestellt hatte.

Er fing sie mit seinen sanften Händen auf, lächelte fürsorglich: Ihr blutet, gnädige Frau, und wand augenblicklich ein sauberes, an den Rändern zierlich geklöppeltes Taschentuch um ihre Finger. Die Stimme versagte ihr, als sie ihn zur Rede stellen wollte. Ihre Ratlosigkeit bemerkend, sagte er: Wer den Teufel ins Schiff nimmt, meine Liebe, muss ihn auch hinüberfahren. Wankend, die verletzte Hand in ihre Röcke pressend, wollte Anfelisa ihre Suche fortsetzen, hatte jedoch vergessen, wonach.

Anna, blass, kahl geschoren und fiebrig vor Schmerz und Wut vor die Schöffen gebracht, weigerte sich zu reden, bis man ihr sage, wo das Kind sei.

Hemmann legte ihr verlegen und umständlich dar, wie sie hätte verhindern können, dass es soweit gekommen sei, indem sie nämlich unbedingt hätte einlenken sollen. Aber sie habe anders entschieden und dadurch nicht nur sich geschadet, sondern auch ihr Kind in höchste Gefahr gebracht, wie sich jetzt zeige, und das liebliche Wesen endlich mitgerissen in den Sog der Verdächtigungen.

Anna schwieg und dachte über Hemmanns Worte nach. Konnte er allen Ernstes verlangen, dass sie gestand, was sie nicht gestehen konnte? Kannte er sie noch nicht genug, um zu wissen, dass sie nichts zugeben würde, das nicht den wahren Ereignissen entsprach? Wenn sie aber dadurch ihr Kind wieder bekäme? Sie würde sich ihnen in die Hand geben, und sie würden erst recht mit ihr tun, was sie wollten. Aber waren sie nicht ohnehin schon viel zu weit gegangen, und Hemmann hatte es nicht abzuwenden vermocht? Was also bezweckte er mit seinen Worten? Würde er ihr beistehen, wenn sie einlenkte, ein kleines Geständnis machte? War es das, was er versuchte? Einlösen seines Schutzversprechens und Freihalten eines Auswegs für sich selbst.

Es werde jetzt schwierig werden. Sie brauche sehr bald viel Kraft, hatte er gesagt. Hoffte er, die Schöffen mit einem Geständnis in einer unbedeutenden Sache zufriedenzustellen, damit sie, ohne das Gesicht verloren zu haben, nach Hause gehen könnten? Sie aber würde dann frei und käme fort von hier mit dem Kind.

Anna holte tief Atem und öffnete den Mund.

Ja? sagten die Männer wie mit einer einzigen Stimme.

Ich gebe zu, fing sie an, ich gebe zu ... Sie hielt inne, schwieg, flocht die Finger ineinander.

Ich gebe zu, von Unterwieser unterwiesen worden zu sein.

Da man sie drängte, gestand sie mehrmals zögernd, er habe ihr einen Antrag gemacht. Er habe versprochen, wenn sie ihn annehme, werde sie bald Frau und Mann, Kind und Greisin an Leib und Gut benachteiligen können. Ja, sie habe von ihm dafür ein anständiges Kleid und einen Hut bekommen. Nach längerem Überlegen setzte sie hinzu, sie sei auch gar zerfetzt und armselig herumgelaufen. Sie habe alle seine Anweisungen gehorsam ausgeführt. Habe Maden ins Mehl gezaubert, Hagel und Frost geschickt, die Feldfrüchte verdorben.

Und jetzt sagt mir, wo Siegberta ist, schloss sie und richtete den Blick fordernd auf Hemmann.

Am Tag davor war Johann nach seinem atemraubenden Ritt durch die Nacht am Burgtor eingetroffen. Die Wache hatte ihn unter dem Geheul der Hunde vorerst in die Ställe komplimentiert und hinter Riegel gesetzt. Seither verlangte er, die Herren Richter zu sprechen. Durch sein unziemliches Drängen aufgebracht und neugierig zugleich, liessen sie sich schliesslich herbei und luden ihn vor.

Der Fortschritt in der Sache hatte die Laune der Schöffen merklich verbessert. Sie liessen sich jedoch nichts anmerken und fragen den Mann ärgerlich nach Namen, Herkunft und Grund des Erscheinens.

Johann stellte sich als Annas Verlobter vor, Stallknecht der Gräfin Hulda von Kastelen.

Ob er als Zeuge gekommen sei.

Jawohl, Euer Ehren, sagte Johann tapfer, als Zeuge.

Er wurde aufgefordert, seine Aussage zu machen, und gab zu verstehen, sein Bengel habe alles Unglück verschuldet.

Wo ist derselbe, erkundigten sie sich, nenne uns Name, Wohnort, Beruf des Besagten.

Ob sie nicht verstünden, fuhr Johann fort. Sein Bengel, sein Tier, sein schwarzes, unbändiges.

Tiere justifizieren wir nicht, wies am Steig ihn streng zurecht. Sonst noch etwas?

Euer Ehren, gebt mir diese Frau, ich muss sie haben.

Diese Person willst du zur Frau?

Die Herrin hat es so befohlen.

Sie wird dich von dieser Heirat entbinden.

Die Anna ist in Ordnung.

Wenn es so wäre, könntest du sie schon morgen nach Hause nehmen. Oder glaubst du, der Himmel würde es zulassen, dass wir eine Unschuldige verurteilen?

Der Himmel rafft hinweg, wen er will. Sonst wüsste ich nicht, warum er auf den Schlachtfeldern Tausende von Unschuldigen und nur wenige der Schuldigen umkommen lässt.

Was willst du damit sagen?

Die Anna hat nichts Unrechtes getan.

Das herauszufinden sind wir da.

Ohne eigentlich zu wissen, was er denen erklären wollte, war er entschlossen, ihnen Anna abzuhandeln. Schaudernd erblickte er den Teufel über dem Tisch. Wie er im Begriff war, das Licht zu erklettern. Fast angekommen, grinste er nach hinten zur Tür, als wartete dort ein zweiter. Fächelte sich mit dem Kuhschwanz die spitzbubigen Ohren.

Bist du der Vater ihres Kindes? fragte Hemmann in der irren Hoffnung, es könnte alles ganz anders gewesen sein.

Warum soll ich nicht der Vater sein?

Sonst noch etwas? griff am Steig ungewöhnlich scharf ein.

Johann fühlte eine scheussliche Kälte im Rücken. Gerne hätte er sich kurz nach hinten gedreht, wo er des Teufels Kumpel vermutete. Mit einem scheuen Blick zum Leuchter begann er: Ich war's, der den Hagel herabgeflucht hat, Euer Ehren, ich. Das war nämlich so …

Zu spät, unterbrach am Steig, wir sind im Verfahren contra Vögtlin Anna bereits im Besitz einer confessio. Sieh zu, dass du dich nicht selber verdächtig machst. Hast du uns noch etwas zu sagen? Nein? So führe man ihn hinaus.

Johann wurde hinausgebracht. Er war nicht sicher, richtig verstanden zu haben, was ihm im Saal gesagt worden war. In der Tür blickte er sich daher noch einmal um und fragte: Zu spät, warum zu spät? Wo ist sie? Sein Begleiter stiess ihn hinaus, Hemmann wagte nicht aufzublicken, nur am Steig erwiderte höflich, aber so bestimmt, dass Johann kein weiteres Wort mehr wagte: Sie ist in bester Verfassung.

Erst im Stall, als ihm der vertraute scharfe Geruch in die Nase stieg, er die Körperwärme, das drahtige Haar des Pferdes unter den Händen fühlte, kam er wieder zu sich. Unter dem wissenden Blick der Stute fügte er das Gehörte und Gesehene zusammen und begriff. Die Stirn an den sehnigen Hals gelehnt, weinte er. Eine namenlose Wut bellte in seinen Eingeweiden und hetzte ihn auf, Anna mit Gewalt zu befreien. Doch in der Galle versteinerten Angst und Verzweiflung, und die Spuren eines mächtigen Streits gruben sich für alle Zeit in sein Gesicht.

Anna wurde weder nach ihrem Einlenken noch am folgenden Tag ein Wort zu Siegbertas Aufenthaltsort gegönnt. Entschlossen, ihr ein umfassendes Geständnis abzuringen, begegneten die Kommissare ihrem erneuten verbissenen Schweigen mit dem peinlichen Verhör.

Anna gestand „unter Tränen der Reue“, wie Hemmann später in seinem Kurzprotokoll vermerken würde, ihr übler Lehrmeister habe bald von ihr verlangt, sich den bösen Geistern auszuliefern. Habe versprochen, ihr den höchsten unter ihnen zuzuweisen. Sein Name sei Lux gewesen. Der habe sie erstmals an einem Mittwoch der Versammlung vorgestellt. Und fortan habe sie Menschen, auch Vieh besagt und mit denselben Zaubermitteln ihnen allen die schlimmsten Übel angeworfen und wieder weggenommen. Jawohl, bestätigte sie, als der sonst so schüchterne Murgarter ihr mit seinen Werkzeugen nach Vorschrift nachhelfen kam, niemand war imstande, dies alles wieder gut zu machen, nur ich selbst.

Aus Angst, entdeckt zu werden, bin ich nirgends lange geblieben. Schliesslich hat der verdorbene Mensch mir einen Reisepfennig gegeben, und ich bin ins Hinterland gekommen.

Die Richter und Ankläger atmeten auf. Bedrängt und gepeinigt gestand Anna auch alle übrigen ihr angelasteten Vergehen, wollte schliesslich sogar das verehrungswürdige, ins Corporale eingehüllte Sakrament mit Hilfe eines mitgebrachten Häkleins durch das Eisengitter geholt haben. Auf das Kind liess sie, auch unter gesteigerten Misshandlungen, nichts kommen. Und wenn es noch so schmale Händchen habe.

Sie bestätigte hingegen, dass der Raub schwerer und schwerer geworden sei, bald einen Zentner oder mehr gewogen habe, dass sie draussen vor dem Dorf daher weder vorwärts noch rückwärts gekommen und genötigt gewesen sei, das Gewicht in die Nesseln fallenzulassen. Nein, schrie sie und suchte dem Zwicken der glühenden Zangen auszuweichen, mit denen sich Murgarter neuerdings an ihrem Fleisch zu schaffen machte, das gestickte Tuch gehöre ihr nicht. Sie habe es mitsamt der Hostie gestohlen, ja, sie gebe es zu, und sei damit weitergezogen, um es unterwegs, ja, es sei wahr, zu verkaufen.

Die Laune der Ankläger verbesserte sich Stunde um Stunde, sie mochten ihre ergebnisreiche Untersuchung gar nicht mehr abbrechen. Schon die erste Stufe der Torturen war äusserst befriedigend verlaufen.

Sie zählten noch ihrer acht, die Wachen nicht gerechnet. Von Rifferswil hatte sich mit Leibkrämpfen in seine Kammer zurückgezogen, weshalb Hemmann genötigt war, das Protokoll zu übernehmen. Schmid war, ohne sich zu verabschieden, abgereist. Nach kurzer Pause, in der sie sich hastig zum Essen versammelt hatten, pressten sie ferner aus Anna heraus, dass sie, hätte sie das Begonnene nach ihrem Willen zu Ende führen und die Beute heimbringen können, von Lux grosszügig belohnt worden wäre. Später gab sie, entsprechend den Auffassungen ihrer Richter und Ankläger, die ihr rechtens, ohne List, dafür exakt nach den Regeln des Folterhandwerks zu Leibe rückten, auch alle Scheusslichkeiten zu, die ihresgleichen bekanntlich mit dem hohen und erhabenen Leib des Heilandes anstellen. Sie bestätigte sündhafte Tänze, Verstümmelung, was sie wollten. Hemmann graute es an dieser Stelle, der Nachwelt all die unzüchtigen Einzelheiten, die sie in ihrer hilflosen Lage hinausschrie, protokollarisch aufzuzählen. Er zog es vor, diese kurz, in einem einzigen beschämten Satz, zusammenzufassen.

Als dieser unselige Tag endlich vorbei war, hörte Hemmann es aus allen Winkeln zischeln: Feigherz, Feigherz. Er verschloss seine Kammer, warf sich aufs Lager und erhoffte wie gewohnt Trost und Erquickung vom abendlichen Frieden rundherum mit seinem Schafsgebimmel am Abhang, mit Nachtigall und Brunnengeplätscher. Aber die vertrauten Geräusche schwollen im Gegenteil unerträglich an. Hemmann sprang zum Fenster, spähte aus der Tür, um schliesslich, zurück im Bett, zu merken, dass es in seinem eigenen Kopf dermassen bimmelte und pfiff. Es war unmöglich zu hören, ob Anfelisa ihn nicht endlich rief, unerreichbar fern schien jetzt ihr Himmelbett. Dabei begann er, wie in all den vergangenen Nächten, in seinen Laken zu sieden, schlug sie abermals heftig zurück, setzte sich auf und raufte sich das Haar. Endlich entfachte er entschlossen ein Licht und eilte hinüber. Anfelisas Tür war zugesperrt.

Erst nachdem er eine gute Weile im zugigen Korridor gestanden, gebettelt, zuletzt befohlen hatte, ihm zu öffnen, klaubte Anfelisa die Wachskugeln aus ihren Ohren. Durch das Schlüsselloch liess sie ihn wissen, er habe zugelassen, dass in ihrem Haus gefoltert würde. Er habe seine vornehmste Adelspflicht, die Rechtlosen und Schutzsuchenden zu beschirmen, verraten. Er habe hier keinen Zutritt mehr.

4

Am 16. Juni 1447, nach zweimal zwölf Tagen seitdem das furchtbare Hagelwetter im Hinterland gewütet hatte, unterzeichnete und versiegelte Hemmann das Protokoll.

Anna trat zum erstenmal wieder an die frische Luft.

Es war Samstag, der Tag Saturns. Des Gottes der ersten und der letzten Dinge. Das Tal lag unter schweren Wolken, entlang der Hügel krochen Nebelbänder. Doch immer wieder rissen hell umglänzte Löcher auf, und unter ihnen sonnte sich dann ein Fleck in satter Pracht. Mehrere Abstufungen von Grün leuchteten auf den Rechtecken der Felder, Matten und Weiden, gelb kontrastierte dazu das gereifte Korn, und darüber, auf den Anhöhen, standen die dunklen Wälder. Im Talboden schepperte ein Pflug, und die Luft vibrierte von immer lauter werdendem Stimmengewirr und frohen Rufen. Auf allen Wegen näherten sich Leute, einige drängten sich bereits um die Richtstätte, zertraten Erdbeeren und Schnecken und verfolgten gespannt den Aufbau eines mächtigen Holzstosses. Eine Schar Krähen, angetan von der Aussicht auf das bevorstehende Mahl, tummelte sich über den Köpfen der Henkersknechte. Die Kinder guckten fasziniert in die aufgesperrten Münder und Nasenlöcher der Erwachsenen. Es hätte ihnen gefallen, ihre selbstgefertigten Oblaten in die entblössten Rachen zu stecken, aber die Mütter, die das ahnten, versohlten ihnen vorsorglich die Hintern. Und es flatterten aus einigen der kleinen dreckigen Fäuste schmuddelige, runde Papierchen, die sie flink wieder einsammelten, kaum waren sie den Züchtigungen entwischt. Darauf kletterten sie in die Bäume am nahen Bach, um sich nur ja nichts entgehen zu lassen.

Auch Margret, die junge Saumagd, war mit der Mutter vom Hinterland herbeigereist und befand sich unter den Gafferinnen und Gaffern. Sie war zu einer Berühmtheit geworden und liess sich lachend von jedermann anstarren. Ob diese Hinrichtung nicht ein Unrecht, nicht ein Verbrechen sei, hörte sie indessen ihre Mutter die Umstehenden fragen. Aber die Leute meinten, die hohen Richter wüssten schon, was recht sei. Mehr mochten sie dazu nicht sagen, denn gerade hatte in nächster Nähe ein unerwartetes Spektakel begonnen.

Der Pfarrköchin war das pfarrherrliche Huhn entwischt und kam, mit seinen Flügelstummeln rudernd, eine meterlange Schnur am Bein hinter sich herziehend, dahergerannt. Zu seinem Unglück war die Verfolgerin noch recht jung und gut zu Fuss und hätte das Federvieh längst gefangen, wäre ihr nicht immerzu jemand in den Weg getreten. Aber da alle, die einigermassen rüstig waren, seit Tagesanbruch von nah und fern zur angekündigten Hinrichtung unterwegs waren und bereits um die besten Plätze kämpften, wie damals an Ännelis Hochzeit, als Leckerbissen unter die Leute geworfen wurden, die es nie wieder geben würde, gewann das Huhn in diesem aufgeregten Durcheinander, trotz seiner Fettleibigkeit, unerhörten Vorsprung. Es rannte in seiner Todesangst direkt auf den Scheiterhaufen zu. Hier kamen der Frau endlich die Henkersknechte zu Hilfe, bewarfen den Flüchtling mit den erstbesten Scheitern und riefen, er solle etwas später wiederkommen. Sie würden sich ihm dann mit Freuden widmen. Der feiste Vogel machte kehrt und rannte in seiner Verstörung direkt auf die Köchin zu, schlüpfte aber zwischen ihren Beinen hindurch, sie hatte zum Laufen die Röcke gehoben, und wäre ihr beinah noch einmal entwischt, wäre der Strick nicht gewesen. Die Köchin machte einen Satz und stellte ihren Fuss darauf. Die Schnur straffte sich, und das Tier sah sich jäh gestoppt. Es hüpfte auf seinem andern, freien Bein, es flatterte angestrengt, obwohl ihm die Schwingen längst gestutzt worden waren. Es schrie, die Leute jubelten. Schnaufend zog die Köchin ihren Fang heran, packte ihn und trug ihn zurück zum Pfarrhof. Dort stand auf einer Bank ein Topf bereit. Sie setzte sich daneben, klemmte die Henne zwischen ihre Schenkel und schalt sie so deftig, dass sogar der fromme

Herr sein Fensterchen einen Spalt breit öffnete, um nachzusehen, was in das Weib gefahren sei. Die Frau hielt indessen schon energisch den Kopf der Henne mit der Linken fest und stopfte ihr mit der Rechten Löffel um Löffel eines klebrigen Brotbreis in den Schlund. Sie versprach sich besonders schöne Eidotter davon.

Mittlerweile, der Himmel hatte sich noch stärker verdüstert, schon schien der Wolkenvorrat mehrerer Regenwochen hier gestapelt, wurde auf der Burgstrasse ein kurzer Zug sichtbar. Die Menge, deren Blicke der Köchin bis zum Pfarrhof gefolgt waren, wandte sich jetzt, immer noch das Gelächter in den Augenwinkeln, der sich nähernden Gruppe zu. Allen voran schwankte völlig entkräftet die Vogelhändlerin. Neben ihr umklammerte ein Mönch sein Kruzifix. Der Mann hatte sich gegen ein Mass Wein um die Verurteilte auf ihrem letzten und beschwerlichsten Weg zu kümmern. Bis zum Ende musste er an ihrer Seite betend ausharren, komme, was wolle. Niemand wusste, ob und in welcher Gestalt der Widersacher und Verwirrer sich ihrer bemächtigen würde. Er mochte unerkannt im bürstigen Kleid einer Katze lauern oder sich als Schönling mit weisser Feder am Hut, Kröten, vielleicht Schlangen am Rücken, unter die Umstehenden geschlichen haben. Ihm den Fang zu verwehren, war die fromme Aufgabe des Mönches. Anna wies ihn und das Kruzifix aber mit einem Kopfschütteln ab. Ihre Richter und Folterer seien nicht müde geworden zu versichern, Gott der Herr kenne die Seinen. Also kenne er auch sie. Man würde ja sehen, wer sie aus den Flammen hole. Sie hatte, in der verzweifelten Hoffnung, doch noch gerettet zu werden, sogar das Angebot abgewiesen, sich in letzter Minute strangulieren zu lassen. Überhaupt wollte sie ungebunden und frei auf den Scheiterhaufen steigen.

Nein, hatte sie zu Hemmann gesagt, niemand wird mich festbinden. Ich laufe nicht davon. Und stünde ich auf dem höchsten eurer Gipfel. Ganz im Gegenteil. Ich komme wieder.

Jetzt wankte er hinter ihr und dem Mönch daher, gefolgt von den reisefertigen Schöffen und zuletzt den Bediensteten, die danach zum grossen Teil wieder in die Hütten des Dorfes zurückkehren würden. Besonders diesen Frauen und Männern fuhr es wie Hühnerhaut über den Rücken, nachdem sie Anna so reden gehört hatten. Mit etwas Abstand folgte Johann, Annas Hut in der Hand, den Kopf tief gesenkt. Anfelisa war am Fenster ihres Nähzimmers zu sehen, reglos seit der Morgendämmerung, die Hände in verblutete Stickereien gewühlt.

Ganz nah sahen die Leute die Verurteilte vorübergehen. Was, zum Teufel, fragten sie sich, murmelt die denn?

Mein Täubchen, mein Butterblümchen. Sie haben uns getrennt. Ich habe viel geweint. Ja, und getobt, Kleine. Du fehltest mir so. Aber ich war dumm. Wie konnte ich wollen, dass du bei mir bleibst. Sollte es dir so gehen wie mir jetzt? Solltest auch du heute diesen letzten Weg hier machen müssen? Nein. Mein Täubchen, mein Butterblümchen, du wirst leben, hast ja noch so viel zu tun. Grüss die Raben von mir und den Papa, wenn du ihn gefunden hast. Wir sehen uns beim Regenbogen. Dort wart ich auf dich. Warum hab ich dir nur immer diese Geschichten erzählt? Hab halt gedacht, du sollst auf sanfte Art die Welt kennenlernen. Was nachher kommt, hab ich gedacht, lernt sich dann leichter. Liegst du weich, mein Kind? Hast du auch genug Laub für dein Bett? Gib acht, dass dich das Fieber nicht wieder packt. Sag ihnen, du musst gut und nicht zu sparsam essen. Sag ihnen, deine Mutter, ja, was sagst du ihnen, wo deine Mutter geblieben ist?

Der Zug war schon fast beim Scheiterhaufen angekommen, als ein kurzer feiner Regen einsetzte. Auf der Landstrasse lief in aller Eile eine dürre Alte daher. Ich will verdammt sein, rief sie von weitem und warf ihre Pelerine über. Was machen die mit der? Was ist nur passiert?

Die Leute erzählten voller Hast, was sie wussten. Die Frau schüttelte wieder und wieder den Kopf dazu:

Wenn das nicht die Anna ist … Daran kann nur dieser Unterwieser schuld sein. Der allein habe die Frau ins Unglück gebracht. Wie sagte ich zu der Anna, dieser dummen Gans? Der wird noch dein Leben durcheinanderwerfen, sagte ich. Und? Habe ich gelogen? Dabei war sie doch eine meiner Ammen gewesen. Und bei der heiligen Agatha, manch einer wäre ganz gern nochmal aus der Mutter geschlüpft, nur um der Anna an der Brust zu saugen. Kinder wie das Jesulein wären es geworden.

Unsere Mütter haben auch Milch, ereiferten sich die Leute, aber anständige.

Und wer sind all diese Herrschaften dort? wollte die Fremde wissen.

Das seien die hohen Volksrichter. Laien aus dem ganzen Bistum, gab man zur Antwort.

So weit sind wir also gekommen, keifte die Alte. Seht sie euch an, diese grossen, dicken Würmer. Einst waren sie klein, so klein, und stanken und krähten. Und wer hatte sie lieb? Keine Menschenseele. Sind sie nicht finster und hartherzig geworden? Kotzsüchtig und verfressen? Volksrichter. Seht sie euch an, diese Jammerlappen. Pinkeln und furzen nachts in die Betten. Tags zetteln sie Kriege und Morde an. Ich will verdammt sein, sagte sie, wenn das gelogen ist.

Man packte die Frau, und während sie ununterbrochen maulte und kein Schimpfwort unbeantwortet liess, das ihr die Herumstehenden nachriefen, wurde sie hinaus vors Dorf gejagt.

Hemmann war von am Steig auf ein notdürftiges Podest gedrängt worden und bemühte sich, laut und sachlich das Urteil zu verkünden, so dass alle es hören und verstehen konnten. Anschliessend wurde Anna, ungeachtet ihrer letzten Worte, unter den Zurufen der Menge auf eine Leiter geschnürt und auf den Haufen geschoben. Die Henkersknechte banden sie an den Pfahl, strichen Pech an ihr dürftiges Kleid und legten an vier Seiten Feuer. Die Menge verfolgte jede ihrer Bewegungen, einige zeigten mit ihren kurzen, abgearbeiteten Händen auf die Verurteilte, andere drohten mit den Fäusten, sogar ein paar Knüppel fuhren in die Höhe, man schob und stiess einander Schritt für Schritt näher an den Holzhaufen heran. Ununterbrochen wurden die Büttel ermuntert, der Hostienschänderin und Hagelsiederin nur tüchtig unterzufeuern.

Die Stätte lag auf einer kleinen Erhebung, so dass Anna, zeitweise ohnmächtig, zeitweise das schon herbstlich wirkende Tal überschauend, die Winde übers abgezehrte Gesicht streichen fühlte. Wie auf geheime Verabredung fuhren sie alle vier plötzlich stürmisch heran, griffen jeder aus seiner Himmelsrichtung in die Glut, warfen sie empor und fauchten in die Scheiter. Da quoll zunächst dichter Rauch aus dem Haufen und verhüllte das Geschehen. Anna atmete noch einmal tief, und das Publikum vernahm ihr verzweifeltes Husten. Der Nieselregen setzte aus, und sofort wanden sich Flammen aus dem Rauch. Sie umschlossen Anna bald lichterloh. Da verstummte die Menge, über ihre Gesichter flackerte es rot, entsetzt wichen sie vor dem Rasen des Feuers zurück.

Seit sie erfahren hatte, was sie mit ihr tun würden, hatte Anna versucht, die Angst nicht zuzulassen, weder sich eine Vorstellung vom Verbrennen zu machen noch sonst in irgendeiner Weise daran zu denken. Mehrmals hatte sie versucht zu schlafen, um vergessen zu können, doch die Angst hatte sie stets eingeholt. Danach hatte sie die Nacht im Stehen verbracht, war herumgetappt, hatte gesungen, sich die Wunden am Kopf aufgekratzt, nur, um nicht wieder einzuschlafen. Woher ist dieses Blut, hatte sie im ersten Tageslicht bebend und frierend geflüstert, hatte die Finger geleckt, war gleich darauf, überwältigt von der Angst, in leises Wimmern ausgebrochen.

Doch nun dachte sie: Was geschieht mir? Wasserspritzer kühlen mein Gesicht. Ich hatte geglaubt zu verbrennen, hatte die unmenschlichste Hitze, ein Höllenfeuer, unsäglichen Schmerz erwartet, und jetzt ist rundum ein Rauschen, von allen Seiten stürzen Bäche herunter, es spritzt und funkelt, meine Füsse, sie stehen nicht in der Glut, ein kühler Teich umspült sie. Oh, sie befreien, das enge Kleid herunterreissen, tanzen … Komm, hörte sie sagen. Die alte Kindervermittlerin legte den Arm um sie, das Rauschen wurde leiser, wurde ferner, die Wasserspritzer wurden Sterne, es war vorbei.

Erst als die Krähen anfingen, das eine oder andere verkohlte Stück aus der Glut zu stehlen, machten die Leute kehrt, suchten schweigend ihre Hütten auf und gingen an die Arbeit zurück.

Am Steig und Hemmann liessen die Asche zusammenkehren und überwachten gemeinsam und stumm, wie sie in den nahen Bach geschüttet wurde, sahen unverhofft auch den schwarzen Hut vorüberziehen.

Da, sagte am Steig, zieht sie fort. Ihr könnt ruhig sein.

Doch es war nichts mehr wie einst.

Am Bach begegnete man jetzt zu Zeiten Annas grosser Gestalt. Anfelisa, Hemmann und ihr einziger Sohn waren gezwungen, nach wenigen Jahren die Burg, die gesammelten Fallen, Büchsen und Trophäen, die Zehnten, sämtliche Bussrechte, die hohen und niederen Gerichte ihrer überschuldeten Herrschaft zu verkaufen. Ännelis Mann hatte die Familiengüter nicht noch einmal retten wollen. Die wachsende Handelsstadt Luzern übernahm, als wichtigster Gläubiger, alles gegen fünftausend Gulden, mit Freuden. Hemmann starb bald danach. Anfelisa hingegen hörte nicht auf zu frösteln, stickte sich die Finger krumm, auch wenn ihr nichts mehr blühen wollte, sie wurde blind und endete schliesslich hochbetagt als letzter Spross ihrer Dynastie.

Seit die Burg verfallen ist, Steine und Balken vom Wetter zernagt und schliesslich von den Leuten abgetragen und zu neuen Mauern, neuen Dachstühlen gefügt worden sind, auf der Hügelkuppe bloss noch kahler Fels mit spärlichen Grashalmen zu sehen ist und einzig der Wind, der an diesen zerrt, derselbe blieb, erscheint auch Anna nicht mehr am Bach.

BELLETRISTIK IM LENOS VERLAG
Auswahl lieferbarer Titel

Bachmann, Guido: Der Basilisk
Bachmann, Guido: bedingt entlassen
Bachmann, Guido: Dionysos
Bachmann, Guido: Echnaton
Bachmann, Guido: Gilgamesch*
Bachmann, Guido: Die Kriminalnovellen
Bachmann, Guido: lebenslänglich*
Bachmann, Guido: selbander
Bachmann, Guido: Die Wirklichkeitsmaschine
Bachmann, Guido: Zeit und Ewigkeit
Bakr, Salwa: Atijas Schrein
Bakr, Salwa: Die einzige Blume im Sumpf*
Bakr, Salwa: Der goldene Wagen fährt nicht zum Himmel
Barakat, Salim: Der eiserne Grashüpfer
Becher, Ulrich: Abseits vom Rodeo
Becher, Ulrich: Das Profil
Becher, Ulrich: Vom Unzulänglichen der Wirklichkeit
Becher, Ulrich/Grosz, George: Flaschenpost
Bovard, Jacques-Etienne: Warum rauchen Sie, Monsieur Grin?
Bührer, Jakob: Lesebuch
Burri, Peter: F.
Burri, Peter: Glanzzeiten
Burri, Peter: Tramonto
Burri, Peter (Hrsg.): Lucio Dalla. Liedtexte (1977–1992)
Burri, Peter: Cendrars entdecken
Büsser, Judith: Wera R.
Cendrars, Blaise: Abhauen*
Cendrars, Blaise: Am Mikrofon
Cendrars, Blaise: Auf allen Meeren
Cendrars, Blaise: Brasilien
Cendrars, Blaise: Im Hinterland des Himmels*
Cendrars, Blaise: John Paul Jones
Cendrars, Blaise: Die Prosa von der Transsibirischen Eisenbahn
Cendrars, Miriam: Blaise Cendrars. Eine Biographie
al-Charrat, Edwar: Safranerde*
Chraibi, Driss: Ermittlungen im Landesinnern*
Crauer, Pil: Das Leben und Sterben Paul Irnigers
al-Daïf, Raschid: Lieber Herr Kawabata
Deschner, Karlheinz: Nur Lebendiges schwimmt gegen den Strom*
drehpunkt Nr. 100: Über Erwarten. Ein Lesebuch aus der Schweiz

Dschabra, Dschabra Ibrahim: Der erste Brunnen
Dschabra, Dschabra Ibrahim: Das vierzigste Zimmer
Errera, Eglal: Isabelle Eberhardt
Faes, Urs: Bis ans Ende der Erinnerung
Faes, Urs: Der Traum vom Leben
Faes, Urs: Webfehler
Farner, Konrad: Lesebuch
Farron, Ivan: Ein Nachmittag mit Wackernagel
Fringeli, Dieter: Das Heimatlos
Geiser, Christoph: Disziplinen
Geiser, Christoph: Zimmer mit Frühstück*
Ghalem, Ali: Die Frau für meinen Sohn*
al-Ghitani, Gamal: Seini Barakat*
Greising, Franziska: Kammerstille*
Greising, Franziska: Das Schweinewunder
Habibi, Emil: Der Peptimist*
Habibi, Emil: Sarâja, das Dämonenkind
Habibi, Emil: Das Tal der Dschinnen*
Horem, Elisabeth: Der Ring
Huber, Leopold: Zug nach Süden*
Ibrahim, Sonallah: Der Prüfungsausschuss*
Idris, Jussuf: Die Sünderin
Jenny, Matthyas: Alles geht weiter, das Leben, der Tod*
Jenny, Matthyas: Die Beschreibung der Tiefsee
Kanafani, Ghassan: Bis wir zurückkehren*
Kanafani, Ghassan: Das Land der traurigen Orangen*
Kanafani, Ghassan: Männer in der Sonne / Was euch bleibt
Kanafani, Ghassan: Umm Saad / Rückkehr nach Haifa*
al-Koni, Ibrahim: Blutender Stein*
al-Koni, Ibrahim: Goldstaub*
al-Koni, Ibrahim: Nachtkraut
Kuhn, Heinrich: Boxloo
Kuhn, Heinrich: Harrys Lächeln
Kuhn, Heinrich: Schatz und Muus*
Kuhn, Heinrich: Der Traumagent
Laabi, Abdellatif: Kerkermeere
Laplace, Yves: Ein vorbildlicher Mann
Laredsch, Wassini: Die Hüterin der Schatten
Lehner, Peter: Bier-Zeitung
Lehner, Peter: Lesebuch
Lehner, Peter: Nebensätzliches
Lehner, Peter: WAS ist DAS
Lexikon der Schweizer Literaturen
Mamduch, Alia: Mottenkugeln

Marti, Kurt: Der Geiger von Brig
Marti, Kurt: Heil Vetia
Mercanton, Jacques: Die Stunden des James Joyce
Mina, Hanna: Bilderreste
Morgenthaler, Hans: HAMO, der letzte fromme Europäer
Morgenthaler, Hans: Der kuriose Dichter
Munif, Abdalrachman: Am Rande der Wüste
Munif, Abdalrachman: Östlich des Mittelmeers
Nasrallah, Emily: Flug gegen die Zeit
Nasrallah, Emily: Das Pfand
Nasrallah, Emily: Septembervögel*
Rivaz, Alice: Aus dem Gedächtnis, aus dem Vergessen
Rivaz, Alice: Der Bienenfriede*
Rivaz, Alice: Schlaflose Nacht*
Rivaz, Alice: Wie Sand durch die Finger
Rivaz, Alice: Wolken in der Hand*
Roth-Hunkeler, Theres: Die Gehschule*
Salich, Tajjib: Eine Handvoll Datteln
Salich, Tajjib: Zeit der Nordwanderung
Saner, Hans: Die Anarchie der Stille*
al-Scheich, Hanan: Sahras Geschichte*
Schwarzenbach, Annemarie: Auf der Schattenseite
Schwarzenbach, Annemarie: Bei diesem Regen*
Schwarzenbach, Annemarie: Flucht nach oben
Schwarzenbach, Annemarie: Freunde um Bernhard*
Schwarzenbach, Annemarie: Jenseits von New York*
Schwarzenbach, Annemarie: Lyrische Novelle*
Schwarzenbach, Annemarie: Tod in Persien*
Sekula, Sonja: Im Zeichen der Frage, im Zeichen der Antwort
Tamer, Sakarija: Frühling in der Asche
Walter, Otto F.: Folgendes
Wiesner, Heinrich: Das Dankschreiben
Wiesner, Heinrich: Der längste Karfreitag
Wiesner, Heinrich: Lakonische Zeilen
Wiesner, Heinrich: Die Menschen. Die Dinge
Wiesner, Heinrich: Der Riese am Tisch*
Wiesner, Heinrich: Schauplätze*
Z'Graggen, Yvette: Matthias Berg
Z'Graggen, Yvette: La Punta
Z'Graggen, Yvette: Zeit der Liebe, Zeit des Zorns*
Ziegler, Hilde: Guten Morgen und Goethe Nacht
Ziegler, Hilde: Während der Verlobung ...*

* als Taschenbuch in der Reihe LENOS POCKET